RETURN from
Darkness
흑암의
귀환자

FANTASY FRONTIER SPIRIT
이성현 판타지 장편 소설

흑암의 귀환자 3

이성현 판타지 장편 소설

초판 1쇄 찍은 날 § 2014년 2월 5일
초판 1쇄 펴낸 날 § 2014년 2월 12일

지은이 § 이성현
펴낸이 § 서경석

편집부장 § 권태완
편집책임 § 박가연

펴낸곳 § 도서출판 청어람
등록번호 § 제1081-1-89호
등록일자 § 1999. 5. 31
어람번호 § 제1-1770호

주소 § 경기도 부천시 원미구 부일로 483번길 40 서경B/D 3F (우) 420-822
전화 § 032-656-4452팩스 § 032-656-4453
http://www.chungeoram.com
E-mail § chungeorambook@daum.net

ⓒ 이성현, 2013

ISBN 978-89-251-3704-9 04810
ISBN 978-89-251-3635-6 (세트)

RETURN from Darkness

흑암의 귀환자

3 | 교차된 운명

CONTENTS

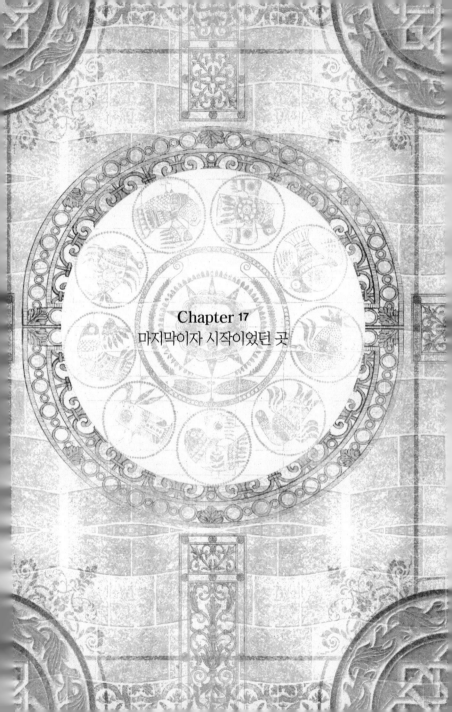

Chapter 17
마지막이자 시작이었던 곳

1

엘레힘 신성력 1326년 4월 27일.

지금으로부터 20여 년 전, 어둠으로 점철된 대지 위에서 벌어진 전투가 인간과 마족 간의 끝이 보이지 않던 전쟁에 종지부를 찍었다.

빛 대신 어둠만이 존재하던 '암흑의 대지' 그 아래 지하 던전에 있던 암흑의 화신 제이블란트는 페이서를 위시한 네 명의 남녀에 의해 쓰러지고 봉인되었다.

그 이후 20여 년이 지난 지금 배를 타고 2주일, 마차를 타고 일주일 넘게 암흑의 대지를 향해 이동한 카일 일행의 앞에 거대한 성벽이 모습을 드러냈다.

"아직 1년도 안 지났는데 어느새 이런 걸 세웠지? 내가 석화에서 풀려났을 땐 순찰 도는 병사 한 명도 보이지 않더니만……."

카일은 새롭게 건설된 '크로이저 요새'의 두터운 성벽을 올려다보며 꽃이 만발했던 작년을 떠올렸다. 반면 페이서와 제럴드는 자신들의 청춘을 바쳤던 옛 전쟁터를 바라보며 감회에 젖었다.

"21년 만인가……."

"다시 이곳에 오게 될 줄은 몰랐는데, 막상 와보니 뭐라 말로 표현하기 힘든 기분이 드는군요."

두 남자는 암흑의 대지에 처음으로 발을 디뎠을 때를 떠올렸다.

시야를 지배하는 건 끝을 알 수 없는 깊은 어두움뿐이었고, 코 안을 비집고 들어오는 피비린내는 유일하게 맡을 수 있는 냄새였다.

마족과 몬스터, 그리고 인간들의 비명 소리가 서로 뒤엉켜 귓속을 파고들며 전에 경험해 보지 못했던 공포에 빠져들기도 했다.

결국 그들은 제이블란트를 봉인하고 인간의 승리를 이끌

어냈지만, 이젠 아무래도 상관없는 일이 되어버렸다.

두 남자에게 있어서 이곳은 인생의 정점을 찍은 곳이자 동시에 몰락의 시발점이라는 상반된 이미지를 가진 곳이었다.

"자, 그러면 들어가 볼까?"

페이서와 제럴드 사이에 있던 카일은 두 친구의 등을 가볍게 두들기며 앞으로 걸어갔다.

그들이 성문 가까이 다가가자 경비병들이 쥐고 있던 창을 비스듬히 기울여 교차시키면서 앞을 가로막았다.

"이곳은 관계자 외 출입금지입니다."

"관계자입니다만."

카일은 엘리서스 성을 떠나기 전 그리엄 영주에게 건네받은 문서를 꺼내 경비병 앞에 확 펼쳤다.

"헉!"

문서를 읽어 내려가던 병사는 카일의 이름을 발견하곤 화들짝 놀랐다. 무슨 일인가 하고 다가온 다른 병사들도 똑같은 반응을 보이며 카일을 두려움 섞인 시선으로 바라보았다.

"통과입니까, 아닙니까?"

"자, 잠깐만 기다려 주십시오!"

병사 한 명이 황급히 성문 안으로 달려가더니 이내 카일의 시야에서 사라져 버렸다.

그리고 잠깐만 기다려 달라며 달려갔던 병사는 30분이 넘도록 돌아오지 않았다.

카일은 지루한 나머지 대검을 땅바닥에 내려놓고 엉거주 춤하게 앉아 있다가 도로 일어서며 이리저리 왔다 갔다 한곳 에 있지 못했다.

잔뜩 긴장한 경비병들은 카일의 동작 하나하나에 움찔거 리며 반응했다.

그렇게 1시간이 넘어갔을 즈음, 병사와 함께 두 사람이 다 급히 카일을 향해 달려왔다.

50대 중반의 남성과 20대 초반의 여성은 도착하자마자 카 일의 얼굴을 유심히 살폈다. 특히 남자 쪽은 거의 카일에게 달라붙다시피 접근하더니 자신의 20년 전 기억과 지금 앞에 서 있는 남자가 동일하다는 사실에 믿을 수 없다는 표정을 지 었다.

"저, 정말로 카일 님이 맞으시군요."

"절 아십니까?"

카일 역시 상대를 꼼꼼히 살펴봤지만, 20년이란 세월의 변 화를 겪은 얼굴에서 과거의 기억을 끄집어내기란 쉽지 않았 다. 페이서나 제럴드처럼 몇 년이나 함께 다녔던 이들이 아 닌, 전쟁터에서 스쳐 지나갔을지도 모르는 사람의 얼굴을 아 무런 단서 없이 당장 떠올리기엔 무리였다.

"저는 테르디어스 왕국에서 파견 나온 텔릭 로디안이라고 합니다. 20년도 전의 일이었지만, 몇 번 같은 전장에서 싸웠던 적이 있었지요. 기억나십니까?"

텔릭이라는 이름에 카일은 이마에 손을 짚으며 기억을 더듬었다.

반면 페이서는 그의 이름을 듣자마자 고개를 끄덕거렸다.

"역시 페이서 님은 절 기억하고 계셨군요."

"오래간만입니다, 텔릭 경."

페이서는 텔릭을 쉽게 기억해 낸 이유는, 두 남자가 공통적으로 알고 있는 인물 때문이었다.

카일은 여전히 텔릭이 누군지 제대로 기억해 내지 못하며 끙끙거렸다. 그의 머릿속에 뒤엉킨 기억의 끈은 쉽사리 풀리지 않았다.

"잠깐만요. 제가 알고 있는 기억과 달라서… 이 녀석과 같은 왕국 출신 아니었습니까?"

"맞습니다. 이젠 옛날이야기가 되어버렸지만 말입니다."

"혹시 모르드 왕국의 기사 텔릭 경 아니십니까?"

"그랬었죠."

배배 꼬인 기억의 매듭이 풀리자 카일은 홀가분한 표정을 지으며 한숨을 길게 내쉬었다.

"이제야 기억나는군요. 이곳에서의 마지막 전투가 있기 전 한 번 만난 적이 있었죠?"

"벌써 20년도 더 전의 이야기이지요."

"저에겐 고작 1년도 안 된 이야기입니다."

서로 다른 시간대를 보낸 이들끼리의 이질감이 확 드러나는 대화였다.

"레오나, 내가 말했던 분들이 바로 이분들이시다. 인사드려라."

"테르디어스 왕국 소속 기사 레오나 로디안이라고 합니다. 잘 부탁드립니다."

여성치고는 짧은 머리를 한 제복 차림의 여성이 카일 일행에게 고개를 숙이며 인사를 했다.

"혹시 따님이신가요?"

"네. 저의 유일한 혈육입니다. 못난 애비와 달리 뛰어난 실력을 지니고 있어서 나름 기대 중이랍니다."

얼핏 보기엔 자식에 대한 아버지의 평범한 자랑으로 들릴 수 있었지만, 부녀 사이 흐르는 미묘한 공기가 카일의 호기심을 유발시켰다.

"그런데 여긴 페이루트 왕국령이 아닙니까? 어떤 일로 이곳에 계시는지……."

하지만 예전 고아원을 방문했을 때 호기심을 참지 못하고 툭툭 내던진 질문에 의도치 않은 상처를 입혔던 일을 떠올리며 다른 방향의 질문을 꺼냈다.

"직접 보시는 게 이해가 빠를 겁니다. 우선 안으로 드시지요."

2

성문을 통해 성벽 안으로 들어온 카일은 또 한 번 변해 버린 암흑의 대지를 둘러보았다.

어둠만이 존재하던 땅에서 화사한 꽃이 만발하는 축복받은 대지로, 그리고 온갖 상점이 밀집한 도시로의 빠른 변화에 카일은 적응하기 힘들었다.

물론 제이블란트가 봉인된 지역답게 병사들은 물론 거리를 활보하는 기사들을 쉽게 찾을 수 있었다. 그러나 기사고 병사고 간에 소속 국가를 나타내는 갑옷의 문양이 가지각색이었다.

"아까 하셨던 설명이 이제야 이해되는군요."

성문을 통해 크로이저 요새 안으로 걸어오는 와중에 텔릭은 이곳에서 일어난 일에 대해 간략하게 이야기했다.

이전 마족과의 전투에서 크게 패배한 베이루트 왕국은 제이블란트의 봉인을 풀기 위해 반드시 쳐들어올 거라 예상되는 이 지역에 많은 병력을 끌어모았다.

문제는 그렇게 병력이 한곳에 집중되다 보니 다른 지역에서의 공격을 버틸 수가 없었다. 결국 베이루트 왕국은 봉인이 풀리면 나라 하나가 망하는 수준에 그치지 않고 대륙 전체가 위기에 빠지므로, 각 나라의 지원을 요청한다는 공문을 급하게 보냈다.

그렇게 하나둘씩 여러 국가에서 보낸 지원병의 규모가 순수 병력만 3만에 달할 정도로 커졌다.

게다가 각 국가끼리의 경쟁 심리가 발동한 탓에 최정예 병력을 파병하는 경우가 대부분이었고, 자연스레 이곳은 인간 세력의 연합도시 역할을 떠맡게 되었다.

"어쩐지 모르드 왕국에서 무슨 권리로 날 여기로 보내려고 했는지 의아했는데, 그런 상황이었군요."

페이서에 대한 엘리서스 성의 회의 전에 언급되었던, 카일에게 제이블란트가 봉인된 곳으로 직접 와 미약해졌을지 모르는 봉인을 다시 해달라는 요구 자체가 이곳에 있는 연합회의에서 결정된 사항이었다. 모르드 왕국 측에선 그리엄을 통해 카일에게 단순 통보만 했을 뿐이었다.

"마족의 침입은 없었습니까?"

"지금까지 총 네 번 정도 있었지만, 성벽조차 넘지 못하고 후퇴했죠."

"하긴 여기에 모인 병력 모두 정예라면서요? 그 정도는 당연히 해내야겠죠."

문제는 왠지 모르게 카일 눈에는 병력이 과도하게 모인 걸로 보인다는 점이다.

물론 이곳을 마족에게 내주지 않는다면 최소한 마족에 손에 의해 봉인이 풀리는 일은 없을 것이다. 하지만 정예 병력을 이렇게 공격이 아닌 수성만 해야 하는 지역에 과도히 몰아넣었으니 전투력 낭비라고 보여질 수밖에 없었다.

"마족과의 전투에서 지진 않겠지만, 이기기도 힘들겠군요. 게다가 대부분 젊은 애들이라면서요? 여기에 계속 틀어박혀 있다간 답답해서 미칠 지경일 텐데……."

실력을 인정받은 젊은이들이 언제 쳐들어올지도 모르는 마족들을 기다리며 이곳을 지키고 있다 보면, 당연히 넘쳐흐르는 혈기를 주체하기 힘들게 된다.

"뭐, 방법이야 있긴 하겠죠. 술과 맛난 음식, 그리고 여자. 이 정도겠군요."

카일의 말을 입증이라도 하는 듯 요새 안에는 상점가와 유흥가가 결합된 기묘한 거리가 형성되어 있었다.

가게 안을 들락거리는 이 대부분이 군인이라는 점도 독특했다.

특히 젊은 남자들이 가장 참기 힘든 여성에 대한 욕구를 지나가는 병사와 기사들을 통해서 엿볼 수 있었다.

텔릭의 딸 레오나와 후드로 얼굴을 감추고 있는 리에트를 바라보는 시선이 심상치 않았다. 물론 그런 이들의 시선은 카일의 강렬한 눈빛과 마주치자마자 언제 그랬냐는 듯 근엄하게 정면을 바라보는 쪽으로 바뀌었지만.

"마약 같은 건 엄하게 금지하고 있겠죠?"

"물론입니다. 하지만 암암리에 거래되고 있어서 골치 아픈 상황입니다."

앞서 언급된 걸로도 지루함을 이길 수 없는 이들이 더 강한 자극을 찾아 마약에 중독되는 경우 자체는 종종 있는 일이다. 물론 전투력에 극심한 손상을 가져오므로 금지되게 마련이다.

"뭐, 각자 알아서 하겠죠. 제가 남 걱정할 처지도 아니고."

지금 그가 이곳에 온 이유는 다른 나라 군인들을 상대로 오지랖 넓게 굴기 위해서가 아니었다.

제이블란트의 봉인 이후 페이서가 거의 상실했던 빛의 힘을 되찾기 위한 단서를 찾고 진짜로 봉인에 이상이 생겼는지 아닌지를 카일의 두 눈으로 직접 확인하기 위해서였다.

"그러면 저희는 언제 지하 던전으로 가면 됩니까?"

"그게… 좀 기다리셔야 할 겁니다. 최소 일주일 정도는 지나야……."

"일주일씩이나요?"

"아시다시피 여긴 여러 세력이 뭉친 곳이라 회의 한 번 주

최하려면 모두의 스케줄을 고려해야 합니다. 그리고 교단 측의 참석자도 도착해야 하는데, 지금 막 연락을 했으니 시간이 걸릴 겁니다. 여러분이 언제 오실 줄 몰랐으니 양해 바랍니다."

일정이 지체될 기세가 보이자 카일은 살짝 얼굴을 찡그렸다.

하지만 애초에 이곳이 연합 세력으로 보호되고 있다는 점을 예측 못했다는 점에서부터 자신의 예상과 달리 일이 흘러가는 걸 막기 힘들었다.

"이왕 이렇게 되었으니 여독도 푸실 겸 쉬는 건 어떻습니까? 안전 하나만큼은 보장된 지역이니 안심하셔도 좋습니다. 소문을 듣자 하니 이곳에 오기 전 마족과의 대규모 전투도 치르셨으니……."

"병력은 제법 많았지만, 공작급의 마족도 없었던 터라 제 기준으론 치열하진 않았지요. 게다가 노병분들의 도움이 꽤 컸습니다. 공을 돌리라면 그분들께 돌려야겠죠."

카일은 고르반 마을에서 신세를 졌던 노인 포르칸을 떠올리며 살며시 미소를 지었다.

"그러면 텔릭 경, 저희는 방을 잡고 머무를 테니 때가 되면 연락 주십시오. 여관도 꽤 보이니 방 잡기는 어렵지 않겠군요."

"아, 그러실 필요 없습니다. 제가 따로 머물 곳을 마련했으니 절 따라오시지요."

"굳이 신세를 질 필요까진……."

"부탁입니다. 안 그러면 제가 곤란해집니다."

"무슨 의미인지 대충 알겠군요."

카일은 쓸쓸한 미소를 지으며 텔릭의 제안을 받아들였다.

텔릭은 어디까지나 카일 일행이 섣부르게 지하 던전 안으로 들어가지 못하게 감시하는 역할이라는 걸 그 말을 통해 단번에 파악할 수 있었다.

그가 굳이 딸까지 대동한 이유는 일행 중 유일하게 여성인 리에트까지 같이 감시하기 위해서였다.

"카일."

계속 잠자코 카일의 뒤를 따라오던 리에트가 그의 옷깃을 붙잡고 멈췄다.

"더워."

그녀는 깊게 뒤집어쓴 후드를 가리키며 말했다.

추운 날씨일 땐 상관없었지만, 날이 풀렸으니 로브로 온몸을 꽁꽁 감싸고 후드까지 뒤집어쓴 상태에서 덥지 않을 리 없었다.

"후드 벗으면 곤란할 텐데……."

"왜?"

"남자란 생물 때문이야."

"남자 아니야?"

"아, 나? 남자 맞지. 다른 남자들 이야기하는 거야."

카일 본인이 전쟁터에서 많은 시간을 보낸 입장이라, 이렇게 밀집된 곳에 모여 있는 군인들이 여자를 보고 어떤 반응을 보일지 뻔히 연상되었다.

"귀찮은 일이 생기는 건 싫은데… 에이, 모르겠다."

카일은 직접 리에트의 후드를 위로 올리더니 로브까지 벗겨주었다. 그러자 그녀의 두드러진 몸매와 인형 같은 얼굴이 노출되었고, 길을 가던 군인들이 일제히 멈춰 서는 진풍경이 연출되었다.

"호오……."

"누구지? 못 보던 아가씨인데?"

병사들은 물론 기사들마저 마치 리에트에게 홀린 듯 천천히 다가오기 시작했다.

그렇게 하나둘씩 모여든 군인의 수가 어느덧 100명을 넘어섰다.

"자네들, 뭣들 하는가! 당장 비키게!"

결국 보다 못한 텔릭이 고함을 지르며 군인들을 물러서게 했지만, 그들은 100미터 정도의 거리를 유지한 채 리에트를 따라왔다. 직속 부하라면 그 자리에서 혼찌검을 냈겠지만, 죄다 다른 나라에서 온 이들이라 따라오는 걸 놔둘 수밖에 없었다.

"과, 과연 곤란하다고 말할 정도로군요."

"보시다시피 그냥 놔두면 어떤 식으로든 문제가 생길 겁니다. 옷이라도 노출이 적은 걸로 갈아입히면 좋겠지만, 주변에 남자들만 있어서 그러지도 못했거든요. 있다가 레오나 님께 부탁 좀 드리겠습니다."

카일의 간청에 레오나는 알았다며 고개를 끄덕거렸다.

뒤따라오는 남자들의 줄이 길게 이어지는 가운데, 카일 일행은 텔릭 장군이 머무르고 있는 숙소로 발길을 향했다.

3

엘레힘 신성력 1326년 4월 29일.

점심 식사를 마친 카일은 리에트와 함께 크로이저 요새 안 상점가를 거닐었다.

도착하자마자 연합회의의 간부들과 번갈아가며 이야기를 나누는 일에 지치기도 했고, 그동안 숙소 안에 틀어박혀 있어야 했던 리에트의 기분도 풀어줄 겸 밖으로 나온 것이다.

물론 경호라는 핑계로 레오나가 따라왔지만, 감시자 하나

없이 카일이 요새 안을 쏘다니도록 놔둘 수 없는 입장도 이해
되는 터라 군말 없이 동행했다.

거리로 나서자 이전처럼 리에트 뒤를 졸졸 따라다니는 군
인들의 행렬이 생겼다.

카일은 리에트의 손을 움켜쥐고 뒤돌아서 독기가 잔뜩 서
린 눈빛을 보냈고, 그들은 근엄한 표정으로 멈춰 섰다.

결국 카일은 군인들이 리에트에게 접근하길 포기한 후에
야 마음 편히 거리를 활보할 수 있었다.

"어이! 거기 지나가는 귀여운 아가씨! 여기 물건 좋으니 한
번 봐봐!"

후덕한 외모의 상점 주인이 리에트를 향해 손짓하며 외쳤
지만, 리에트는 정면만 바라볼 뿐 반응하지 않았다.

대신 카일이 가판대에 놓여 있던 사탕을 발견하고 다가갔
다.

"이거 10개만 싸주세요. 아, 아니다. 20개 정도는 있어야
하겠네."

"다른 건 필요하지 않으십니까? 옆에 계신 아가씨껜 이게
잘 어울릴 것 같……."

보석이 박힌 목걸이를 끄집어내던 상점 주인은 카일의 얼
굴을 정면으로 바라보는 순간 그대로 굳어버렸다.

"형님, 뭐하슈? 손님 앞에 두고……."

가게 물건을 정리 중이던 직원은 석상처럼 멈춰 서 있는 주인에게 다가갔다가 마찬가지로 굳어버렸다.

"왜들 그러십니까?"

"히이익! 사 살려만 주십시오!"

"다, 다시는 산적질 따윈 안 하니 제발 살려만 주십쇼!"

두 남자가 갑자기 카일 앞에 무릎을 꿇더니 싹싹 빌기 시작했다.

"산적질? 아하, 그때 그놈들이었냐?"

카일은 석화에서 풀려난 이후 처음으로 만났던 '인간'들을 다시 만나자 입술 왼쪽을 살짝 올리는 특유의 미소를 선보였다.

"여, 여기 있는 것들 다 가져가서도 좋으니 제발 목숨만은!"

"그랬다간 내가 산적이 되잖아. 아니, 강도가 되겠지."

카일은 사탕꾸러미를 집어 들고선 주머니에서 동전을 꺼냈다.

그러자 두 남자는 벌떡 일어서더니 손사래를 마구 쳤다.

"그냥 가셔도 됩니다!"

"그때 그 건은 너희들 주머니 턴 걸로 끝났잖아? 끝난 일 가지고 계속 물고 늘어지는 인간 아니다, 나."

카일은 동전을 상점 주인 손바닥 위에 내려놓더니 억지로 움켜쥐도록 양손으로 감쌌다.

"그래도 너희들 팬 보람은 있군. 여전히 정신 못 차리고 산적질 계속할 줄 알았는데 어느새 버젓한 가게까지 세웠으니 말이야."

의외의 칭찬에 전직 산적이었던 두 남자는 뒤통수를 긁적이며 시선을 딴 곳으로 돌렸다.

"그러면 장사 잘하도록 해. 어차피 세상이 험해져서 다시 산적질로 돌아가긴 무리일 거야."

"다시는! 다시는 그러지 않을 겁니다!"

연신 허리를 숙이는 주인에게 카일은 어깨를 툭툭 두들겨 주더니 몸을 돌렸다. 그러나 이내 카일은 다시 가게 안으로 들어갔다.

"아, 대신 물어볼 게 있는데 괜찮겠지?"

"뭐든 물어보십시오!"

"알았으니 목소리 좀 낮춰. 뭐냐 하면……."

카일은 암흑의 대지 위에 건설된 요새 안의 이야기를 상점 주인에게 물어보았다.

요 며칠 동안 각국에서 파견된 지휘관들과 이야기를 나누긴 했지만, 그와 별개로 직접 이곳에 살아가는 이들을 통해 사정을 들어보고 싶었다.

상점 주인의 입에서 흘러나오는 이야기 중엔 그다지 쓸모 없는 내용도 적지 않았지만, 각 세력이 한곳에 집중된 이상 감추려 해도 드러날 수밖에 없는 서로에 대한 경쟁 심리나 숨겨진 이야기 등을 들을 수 있었다.

특히 모르드 왕국에 대한 이야기가 나올 땐 주인의 얼굴이 절로 찌푸려졌다.

"차라리 물건 값을 깎으려고 하면 다행이죠, 모르드 왕국 출신 놈들은 뭐가 잘났는지 매번 팔 물건들을 멋대로 집어간다니까요."

"휴우, 말도 마십쇼. 지난번엔 제발 돈 좀 내고 가져가라고 한 소리 하니 눈을 부라리며 저에게 달려들지 뭡니까? 나중엔 경비병들까지 오고 완전 난장판이 될 뻔했죠."

점원은 아직도 멍이 남아 있는 왼쪽 눈을 가리키며 이를 갈았다.

"치안경비대에게 이야기는 해봤겠지?"

"말해봤지만 위에 보고하겠다는 대답만 들었죠. 그리고 다음 날 그 행패 부렸던 놈이 멀쩡히 나타나 또 돈 안 내고 가게 물건을 쓰윽 가져가더군요. 아이고, 속 쓰려."

"그게 다 빛의 용사가 등장한 이후죠. 마치 지들이 빛의 용사인 마냥 기세등등하게……."

"빛의 용사?"

"어? 소문 못 들으셨습니까? 모르드 왕국에서 새로운 빛의 용사가 나타났다고 하던데 말입니다. 지금 무서운 기세로 마족들을 쓰러뜨리고 북진 중이라던데요?"

*　　*　　*

상점 주인과의 이야기가 끝난 후, 카일은 생각에 잠긴 채 앞으로 걸어갔다.

'그 망할 노인네가 숨겨둔 카드가 그거였나?'

지난 엘리서스 성에서 페이서가 모르드 왕국과의 영원한 결별을 선언한 지 채 두 달도 지나지 않은 지금, 새로운 빛의 용사가, 그것도 모르드 왕국에서 나타났다는 이야기는 오랜 시간 동안 미리 준비하지 않고선 일어나기 힘든 일이다.

'그런 카드를 가지고 있으면서 페이서에게 접근한 이유는… 간단하게 생각할수록 해석하기 쉽겠지.'

예전의 힘을 잃고 몰락한 용사의 뒤를 이어 새로운 용사가 나타나 그가 짊어지고 있던 사명감을 대신 물려받는다, 라는 구태의연한 이야기를 연출하려했음을 카일은 직감했다.

결국 모르드 왕국은 페이서를 마지막 순간까지 이용하려 했던 것이다.

"개새끼들……."

카일은 도중에 걸음을 멈추더니 두 주먹을 강하게 움켜쥐었다.

그의 몸에서 노골적으로 살기가 풀풀 피어나오자 따라오던 레오나는 침을 꿀꺽 삼키며 식은땀을 흘렸다.

반면 리에트는 카일의 옷자락을 잡아당기더니 그의 얼굴을 아래에서 올려다보았다.

"화났어?"

"응, 좀 많이."

"괜찮아?"

카일은 자신을 걱정하는 리에트의 머리를 쓱쓱 쓰다듬었다.

"화는 났지만 괜찮아. 괜히 행패 부리거나 그러지 않으니 걱정하지 않아도 돼."

"응."

카일은 억지로 미소를 지으며 고개를 끄덕거렸다.

"레오나 경, 혹시 아까 했던 이야기를 이미 알고 계셨… 아닙니다."

카일은 하던 말을 도중에 끊고 입을 다물었다.

텔릭이나 레오나 입장에서는 물어보지도 않았는데 섣부르게 모르드 왕국의 이야기를 꺼내기 힘들다는 걸 뒤늦게 알아챘기 때문이다.

"죄송합니다."

"죄송할 필요까지는 없죠. 어차피 언젠간 알게 될 일이었으니까요. 대신 좀 더 자세히 알고 싶군요."

새로운 빛의 용사에 대해 열심히 설명하던 상점 주인은 험악하게 변해 버린 카일의 얼굴을 보고 겁에 질려 버렸고, 그는 결국 이야기를 다 듣지 못하고 가게를 나서야 했다.

"새로운… 빛의 용사가 그 망할 모르드 왕국의 공주라는 것까진 알겠습니다. 나머지 두 사람은 누구죠?"

"모르드 교단의 성당기사단장 마르코 경과 대마법사 제이스님의 제자 중 한 명인 쉘튼이라고 들었습니다."

"둘 다 제가 모르는 사람이로군요."

"아버님… 아니, 텔릭 장군님께선 마르코 경이라면 카일님과 적지 않은 인연이 있다고 말씀하셨습니다. 예전 서로 검을 겨누었던 마르키아 경의 아들이라고 하더군요."

"아, 그 사람 아들이었어요? 그러면 제법 실력은 있겠군요."

카일은 오래전에 그나마 검을 들고 자신과 제대로 싸웠던 30대의 마르키아를 떠올렸다.

"하지만 쉘튼이라는 마법사는 들어본 적이 없군요. 제이스님의 숨겨둔 제자였나? 아니, 잠깐만. 이거 그쪽 용사 구성이 어디서 본 거 같은데?"

모르드 왕국 출신의 빛의 용사와 엘레힘 교단에서 파견된 성직자, 그리고 대마법사 제이스의 제자인 마법사의 구성은 카일에게 결코 낯설지 않았다.

"성별 구성만 조금 틀리고, 내 역할의 검사가 없다는 걸 제외하면 우리와 비슷하잖아?"

마치 옛날 세상을 구했던 용사 일행을 계승한 것처럼 구성된 새로운 빛의 용사 일행의 이미지는 다분히 의도적으로 보였다.

"확실하게 사람들 머리엔 확실하게 각인되겠군요."

카일의 입에서 피식하는 가벼운 웃음이 새어 나왔다.

"그 인간들 실력은 어떤가요?"

"보고된 내용에 따르면 이제까지 있었던 3번의 전투에서 모두 압승을 거두었다고 합니다."

"공작급의 마족과 대결한 전적은 없나요?"

"아직까진 없다고 들었습니다."

"그치들과 한 번 싸워봐야 진짜 제대로 된 전투를 해봤다고 말할 수 있겠죠. 좀 더 두고 봐야 알겠군요."

카일이 현 마족과 몬스터들에게 지독한 두려움을 유발하는 것과 같이, 공작급의 마족들이 지닌 힘은 타의 추종을 불허한다.

자신과 같이 불을 사용하면서도 결국 무승부로 끝난 데몬 공작 에르카이저와의 대결은 아직도 카일에게 있어서 아쉬운

부분 중 하나였다.

"그 녀석을 어떻게든 그 자리에서 끝장을 냈어야 했는데. 아, 아니다. 그랬으면 더 곤란해졌겠지."

인간 편으로 전향한 코넬리아를 제외하고 마족 공작 중에서 유일하게 살아남은 에르카이저가 있었기에 다시 마족이 들고 일어설 수 있었다.

만약 인간의 완벽한 승리로 끝났다면, 몰락한 동료들을 다시 일으켜 세울 전쟁 자체가 벌어지지 않았을 테니 카일 입장에선 에르카이저를 증오해야 할지 아니면 반대로 고마워야 해야 할지 혼란스러웠다.

"흐음?"

계속 걸어가며 혼잣말을 중얼거리던 카일은 멀리서 들리는 함성 소리에 멈춰 섰다.

"저기 무슨 행사라도 합니까?"

"저, 저긴……."

레오나는 머뭇거리며 대답을 주저했다.

"오, 뭔가 화끈한 일이라도 있나 본데요?"

카일은 리에트의 손을 붙잡고 소리가 들린 방향으로 걸어갔다.

홀로 제자리에 서 있던 레오나는 계속 홀로 고민하다가 어쩔 수 없이 그들의 뒤를 급하게 따라갔다.

"와아아!"

넓은 운동장 너머로 남자들의 우렁찬 함성 소리가 울려 퍼졌다.

울타리를 둘러 만든 원형 경기장의 한가운데에 서 있는 두 남자의 입에서 거친 숨소리가 연신 뿜어져 나왔다.

양쪽 모두 걸치고 있는 갑옷이 먼지투성이가 될 정도로 격렬한 대결이었다. 하지만 한쪽은 검을 계속 쥐고 있고, 다른 한쪽은 땅바닥에 떨어뜨린 자신의 검을 바라보며 아쉬움을 감추지 못했다.

"다음에는 지지 않을 겁니다, 그레일 경."

"기대하고 있겠습니다, 프로트 경."

갑옷 차림의 두 남자는 서로를 마주 보더니 검끝이 하늘을 향하도록 검자루를 움켜쥔 양손을 가슴에 붙이면서 예를 표했다.

그리고 서로 반대 방향으로 걸어가 울타리를 넘었다. 쓰고 있던 투구를 벗자 얼굴을 적신 땀방울이 턱에 고여 아래로 뚝뚝 떨어졌다.

"정식 대련이라고 보기엔 분위기가 너무 화끈한데?"

울타리 너머 우측과 좌측엔 직선 형태의 좌석이 층별로 자리 잡고 있었고, 반 정도 채워진 관중석의 대부분은 일반 병사와 기사들이었다.

당연히 남자가 절대 다수를 차지하고 있었고, 반은 고개를 푹 숙이고 기가 죽은 반면 나머지 반은 손에 쥔 종이를 마구 흔들면서 기뻐 날뛰는 중이었다.

"아하, 역시 그런 거였군."

술과 맛난 음식, 그리고 여자 말고 젊은 남자들을 흥분시킬 수 있는 또 하나의 요소를 카일은 뒤늦게 떠올렸다.

"도박, 맞죠?"

"네."

"저도 용병단에 적을 두던 시절 저렇게 돈을 건 내기에 나간 적이 몇 번 있었습니다. 덕분에 관중의 분위기만 봐도 딱 느낌이 오더군요."

카일은 남들이 싸우는 걸 보고 돈을 걸기보단, 자기가 직접 대련에 참여해 도박에 걸린 돈의 행방을 좌지우지하는 쪽을 선호했다. 성격상 그게 더 어울리기도 했고.

"그런데 이렇게 많은 사람을 앞에 두고 펼쳐지는 건 처음 보는군요. 게다가 일반 병사도, 용병도 아닌 기사들끼리의 대련에 도박이라니… 어떤 의미에선 진풍경인데요?"

"저 기사분들의 명예를 위해 미리 말씀드리지만, 도박에 걸린 돈은 모두 관중에게만 돌아갑니다. 그리고 기사 이상의 신분만 대련에 참여할 수 있다고 알고 있습니다."

"그렇다는 이야기는, 즉 대련에 참여해서 계속 이겨 봤자 한 푼도 못 받는다는 거죠?"

"네."

"이상하네. 설마 구경하는 기사들까지 돈을 못 거나요?"

"물론입니다. 돈을 거는 건 어디까지나 구경하는 일반 병사들에게만 허락되었습니다."

"아, 그러면 어찌 된 일인지 대충 알겠습니다."

방금 전 대련을 마친 두 기사에게 동료로 보이는 다른 기사들이 각자 모여든 모습을 보고 카일은 확신을 가졌다.

두 패거리로 나뉜 기사들의 갑옷에 새겨진 문양은 각자 같은 국가를 나타내고 있었다. 그 이야기인 즉, 일종의 국가 대항전과 같다는 뜻이다.

'병사들에겐 돈 한 푼이라도 소중하겠지만 기사 정도 되면 굳이 도박으로 돈을 벌 필요성도 없겠고, 대신 대련을 통해 채워지지 못한 무언가를 충족시킬 수 있겠지.'

마족이라는 적을 앞에 두고 하나로 뭉쳐 싸우겠지만, 근본적으로 여기에 모인 이들은 각자 다른 국적을 가지고 있다.

그러면 자연스레 경쟁 심리가 발동되게 마련이고, 그것을 어떤 식으로든 해소시킬 필요성이 존재한다.

그런 의미에서 서로의 실력을 겨루는 대련은 연합 세력이라는 이름 아래 숨겨져 있는 균열을 메꾸기에 충분한 해소거리다.

게다가 돈이 오고 가는 도박이라면 많은 이가 모여들게 마련이다.

기사들끼리 모여 검을 주고받는 것보단, 자신들을 지켜보는 많은 사람 앞에서 승리를 쟁취한다면 답답하게 갇힌 요새 안에서 쌓인 스트레스를 풀기에 최적이다.

"저 녀석들, 귀엽네."

어린 나이에 용병단에 뛰어들어 실전을 겪었던 카일의 눈에는 20대와 30대 초반의 기사들이 벌이는, 일종의 국가대항전에 가까운 대련이 귀엽게 느껴졌다.

지금의 카일 자신에게는 없는, 나라에 대한 자부심을 걸고 동년배의 기사들이 싸우는 모습은 아른한 추억마저 불러일으켰다.

"오, 새 시합인가?"

이번에는 검과 창을 든 두 기사가 서로 인사를 나누더니 대련을 시작했다.

공격이 한 번씩 오고 갈 때마다 감탄사와 탄식이 뒤섞여 울려 퍼졌다.

카일은 좀 더 가까이에서 보기 위해 리에트를 이끌고 가장 앞의 빈자리를 찾아 앉았다. 레오나는 내키지 않는다는 표정을 지었지만 이내 한숨을 내쉬더니 리에트의 옆자리에 앉았다.

"흐음……."

잔뜩 흥분해서 대련을 지켜보고 있는 다른 이들과 달리, 카일은 왼손으로 턱을 괴고 열심히 무기를 휘두르고 있는 두 기사의 움직임을 찬찬히 살폈다.

'속단일지 모르겠지만, 각 나라의 정예들이 모였다는 이야기는 사실 같군.'

어디까지나 서로의 실력을 겨루는 대련이기에 마나의 특화로 얻은 기술이나 힘은 쓰지 않았지만, 무기를 다루는 움직임만으로도 보통 실력들이 아님을 파악할 수 있었다.

'그동안 젊은 애들을 무시만 했는데 생각을 고쳐야겠어. 역시 어느 시대든 잘난 놈들은 잘나게 마련이야. 하지만 아쉽기도 해.'

거듭된 실전을 통해 더욱 발전할 수 있는 재목들이 이런 요새에 틀어박혀 시간을 보낸다면, 결국 원래 가졌던 실력이 쇠퇴하게 마련이다.

지금이야 그나마 대련을 통해 서로 힘을 갈고닦을지 몰라도 더 시간이 흘러가면 긴장이 풀어지게 마련이다.

"흐음?"

잠시 생각에 잠겼던 카일은 자신의 머리 위에 드리워진 그림자를 보고 고개를 들었다.

여전히 대련은 진행 중이었지만, 그것과 상관없이 리에트 주변에 남자들이 대거 모여들었기 때문이다.

"레오나 경, 오래간만입니다."

그들 중 한 명이 레오나를 알아보고 인사를 건넸다.

카일과 레오나와 동년배로 보이는 남성의 시선이 꽂힌 곳은 다른 남자들과 바를 바 없었다.

"저 역시 오래간만이입니다, 슈릭스 경."

"이런 자리에 보게 될 줄은 몰랐습니다. 지난번 텔릭 장군님께서 이곳에 오는 걸 금하지 않았습니까?"

"…지금은 경호 중이니까요."

"아, 혹시 같이 오신 아가씨 때문입니까? 역시 소문대로군요."

"소문?"

"테르디어스 왕국에서 끝내주는 미인이 왔다며 요즘 군인들 사이에서 화제만발입니다. 소개 좀 부탁드려도 괜찮겠습니까?"

슈릭스의 말에 레오나는 얼굴에 리에트와 똑같은 표정을 지었다.

옆에 앉아 있던 카일은 노골적으로 혀를 차며 한심하다는 눈빛으로 슈릭스를 올려다보았다.

'레오나 님도 여자인데, 남들 다 보는 앞에서 꺼낼 말은 아니잖아? 군인들이란……'

그가 마음속으로 푸념을 늘어놓는 사이, 자신에게 집중된 남자들의 시선이 부담스러웠던 리에트는 카일 옆에 찰싹 붙었다. 그러자 남자들은 카일을 원망 섞인 눈초리로 쏘아봤다.

"거 시합 보는 데 방해되니 좀 비켜주십쇼."

카일은 손을 휘저으며 슈릭스를 옆으로 슬쩍 밀어냈다. 순간 슈릭스의 얼굴이 살짝 일그러졌지만 언제 그랬냐는 듯 원래 표정으로 돌아갔다.

"누구십니까?"

"여자 소개시켜 달라고 할 때와 달리 말이 매우 짧군요?"

카일은 시선을 한참 대련 중인 두 기사에게 고정시킨 상태에서 오른손으로 턱을 괴었다.

"그리고 남에게 소개를 부탁하려면 우선 자신의 신분부터 밝히셔야 하지 않습니까?"

"그, 그렇지요."

"아무튼 옆으로 좀 비켜나주십쇼. 지금 한창 흥미진진할 타이밍이라고요."

카일의 마땅한 지적에 슈릭스는 제대로 대꾸하지 못하고 머뭇거리더니 옆으로 슬쩍 비켜섰다.

하지만 이대로 무안만 받고 물러설 수는 없었다. 슈릭스는 몇 번 헛기침을 하더니 입을 열었다.

"전 모르드 왕국 소속 기사 슈릭스……."

"젠장, 그 망할 왕국 출신인가."

눈으로 시합을 보면서 귀로는 슈릭스의 말을 들어서 그랬을까, 카일의 입에서 대뜸 욕설이 튀어나오더니 얼굴을 잔뜩 찌푸렸다.

"지금 뭐라고 하셨습니까?"

"아, 저 타이밍에선 공격을 그냥 흘려야 하는데 굳이 막다니. 좀 아쉽네."

"제 말 듣고 계십니까?"

"아무래도 저쪽 체력이 더 좋았다면 진짜 팽팽한 국면으로 흘러갔을 텐데… 결국 기본적인 부분의 차이에서 결정났군."

슈릭스는 카일에게 계속 말을 건넸지만, 카일은 계속 대련을 관람하며 혼잣말을 중얼거릴 뿐이었다.

그리고 경기가 끝난 후 카일은 무슨 일이 있었냐는 듯 아직까지 계속 대답을 기다리며 서 있는 슈릭스를 슬쩍 올려다보았다.

"무슨 일이죠?"

"…아까 제 소개를 했으니 이번엔 그쪽에서 하실 차례 아닙니까?"

화를 낼 타이밍을 진작 놓쳐 버린 슈릭스의 입에서 맥 빠진 목소리가 흘러나왔다.

"카일."

"카, 카일?"

슈릭스뿐만 아니라 주변에 몰려 있던 남자들의 눈이 일제히 크게 떠졌다.

"서, 설마 비운의 검사 카일……."

"제발 그 비운이라는 단어만큼은 참아주십시오. 차라리 미친개라 불리는 게 낫지."

카일은 슈릭스가 걸치고 있는 갑옷의 문양을 보고 씨익 웃었다. 모르드 왕국 소속임을 나타내는 문양을 보는 것만으로도 진짜 미친개가 되고 싶은 심정이었다.

'참자, 참아야 해. 아까처럼 무의식적으로 욕설을 또 내뱉으면 안 돼.'

카일은 나름대로 인내심을 발휘하며 시야 구석에서 알짱거리고 있는 슈릭스를 최대한 무시 중이었다.

리에트에 쏠렸던 관심을 자신에게 돌리는 데는 성공했지만, 덕분에 몸 여기저기에 꽂히는 시선들을 무시하는 것만으로도 짜증이 났다.

"카일 님, 다른 기사들의 대련을 보고 있으면 왠지 모르게 직접 나서고 싶은 생각이 들지 않습니까?"

'그러니까 나와 한판 겨뤄보고 싶다 이 말이지?'

별안간 자신을 도발하는 슈릭스의 말에 카일은 의외라는 반응을 보였다.

석화에서 풀려난 이후 카일이 접한 이들의 반응은 크게 두 가지였다.

과거 전쟁을 겪은 자들은 그가 전쟁터에서 떨쳤던 명성을 기억하고 동경하는 눈빛으로 카일을 바라보았다.

반면 너무 어려서 전쟁을 모르고 자란 젊은이들은 어디까지나 남의 입이나 귀를 통해 카일의 활약상을 들었기에 실제 그가 싸우는 모습을 보기 전까진 '대단했던 사람이구나' 하고 넘어가기 일쑤였다.

하지만 지금 이곳의 슈릭스를 포함한 다른 기사들이 카일을 바라보는 눈빛에는 도전하고 싶다는 의욕이 강하게 느껴졌다.

고르반 마을의 청년들이 실제로 몬스터들 앞에서 맥을 못 춘 것과 대조적으로, 이 자리에 있는 기사들은 서너 번의 실전을 거치면서 경험과 자신감을 나름 갖춘 이들이기에 넘치는 패기를 주체 못하는 중이었다.

"세상을 구했던 용사 일행 중 한 분이시라면 후배들 앞에서 실력 한번 선보이시는 것도 나쁘지 않다고 생각됩니다만……."

'세상을 구했던' 이라는 과거형의 표현이 은근히 카일의 신경을 긁었다.

'한 번 그 세상을 구했던 실력 한번 제대로 보여줘 버려? 아, 아니다. 그랬다간 단순히 대련으로 끝나지 않을 거야.'

카일은 오래간만에 인간 상대로 검을 쥐어볼까 생각했지만, 문제되지 않는 선에서 마무리 지을 자신이 없었다.

"사양하도록 하지요."

"자신 없으십니까?"

"자신이라, 흐음… 그렇다면 이건 어떻습니까?"

계속된 슈릭스의 도발에 카일은 좋은 생각이 떠올랐다.

"이런 장소에 나보다 더 어울리는 친구가 있습니다. 내일 이 시간에 데리고 나올 테니 그 녀석과 겨뤄보는 건 어떤가요?"

5

테르디어스 왕국군이 머물고 있는 숙소로 돌아온 카일은 페이서와 제럴드를 자신의 방으로 불렀다.

상점 주인에게 들었던 '새로운 빛의 용사' 에 대한 이야기가 진행되자 페이서의 표정이 점차 굳어졌다. 하지만 특별히 화를 낸다든가 하는 감정 표현은 보여주지 않았다.

"그랬군."

이야기가 끝나자 페이서는 가볍게 고개를 끄덕였다. 카일이 예상한 것에 비해 의외로 담담한 반응이었다.

"괜찮아?"

"솔직히 말하면 기운이야 빠지지. 그렇다고 항상 축 처져 있을 수만은 없잖아?"

"그렇긴 한데……."

"제럴드처럼 적극적으로 지금의 자신에 맞설 수는 없겠지만, 내 선택으로 불리한 입장에 처했으니 이 정도는 감안해야 한다고 봐. 나에 대해 안 좋은 이야기가 지금 요새 안에 넘쳐나겠지?"

모르드 왕국이 새로운 빛의 용사를 내세웠으니, 페이서에 대한 안 좋은 여론을 주도할 것이 뻔했다.

실제로 카일은 경기장에서 자신을 드러낸 이후 페이서에 대해 수군거리는 병사들을 쉽게 찾을 수 있었다.

"뱀파이어에 홀려 빛의 힘을 잃어버렸다는 둥, 여왕이 공주였을 때 겁탈하려고 했다는 식의 모함이 마구 흘러넘치더라."

"난 그런 말에 흔들리진 않아."

"그렇긴 한데, 그걸 믿는 인간들이 늘어나는 건 곤란해. 그러니 그들 앞에서 네 실력을 한 번 보여줄 필요성은 있어."

"그것과 내 실력과는 아무런 상관이 없잖아?"

"그건 두고 봐야 알 일이야. 사람이란 의외로 단순하거든."

카일은 여전히 망설이는 페이서를 다시 한 번 설득했다.

"각 나라의 최정예들만 모였다고 말하지 않았어? 내가 과연 그들을 이길 수 있을까?"

"종합적인 능력으로 따진다면 모르지. 하지만 대련이잖아? 각자 지닌 마나의 특화를 배제하고 싸우던데. 순수하게 검술과 판단 능력으로 우위를 가리는, 어떤 의미에선 진짜 기사들의 놀이 같았어."

만약 마나의 특화로 얻은 능력까지 사용한다면, 피를 보는 걸 넘어서서 어느 한쪽이 죽어버리는 결말로 끝날 가능성이 크다.

"검술로만 따진다면 넌 지지 않아. 아니, 질 리 없어."

"그런 제약 속에서 이긴다 한들 내가 강해지는 건 아니잖아?"

"맞는 말이지. 대신 지금 너에게 필요한 걸 채울 수는 있어."

비록 기사들의 놀이로 보일지 모르는 대련이지만, 카일은 나름대로의 생각을 가지고 페이서를 부추기는 중이었다.

"자부심. 지금 너에겐 그게 필요해."

Chapter 18
과거의 영광

1

엘레힘 신성력 1326년 4월 30일.

　견고한 요새 안에서 피가 끓는 젊은이들의 스트레스를 해소하기 위해 설치한 원형 경기장에 평소의 3배가 넘는 이가 모여들었다.

　특이한 점은 대련을 보기 위해 모인 이들의 구성이 어제와는 좀 달라졌다는 사실이다. 기사와 일반 병사들뿐만 아니라 지휘관급에 해당하는 인물들까지 관중석에 앉아 있었다.

　대련을 위한 경기장의 설치와 대련 결과를 놓고 도박이 벌어지는 걸 못마땅하게 여기거나 무관심으로 일관하던 소위 '높으신 분들'이 이곳에 직접 모습을 드러낸 것만으로도 오늘 있을 대련에의 관심도가 얼마나 높은지 알려주고 있었다.

"자자, 한 명당 한 잔씩입니다! 한꺼번에 두 잔 이상은 팔지 않으니 다시 줄 서지 마십쇼!"

평소에도 그럭저럭 장사가 되던 원형 경기장 옆 가판대에선 오늘만 특별히 허락된 술이 판매되었고, 술집에 비해 몇 배는 비싼 가격임에도 가지고 온 술통이 거의 빌 정도로 불티나게 팔려 나갔다.

안주와 간식거리 역시 몇 번이나 가게에서 보충을 해 와도 가판대에 놓은 족족 팔려 나갔다.

"진짜 많이 모였네. 하루 동안 이렇게 소문이 빨리 퍼졌나?"

오늘을 위해 따로 설치된 특별 관중석에 앉은 카일은 1,000명을 훌쩍 넘긴 관중수를 보며 혀를 내둘렀다.

"제럴드, 혹시 네가 몰래 수 쓴 거 아냐?"

"그건 아닙니다. 애초에 그럴 필요 자체가 없었죠."

그는 벗은 안경알에 입김을 후후 불더니 손수건으로 닦으며 말을 이어갔다.

"세상을 한 번 구했던 용사가 그 뒤로 선행을 계속했다면 사람들은 칭찬하더라도 당연히 있을 일이겠지 하고 넘어가게 마련이죠. 하지만 반대로 악행을 저질렀다고 하면 욕하는 동시에 직접 사실 여부를 확인하고 싶어지죠. 그런 상황에서 페이서 님이 대련에 참여한다고 선포했으니 그 궁금증을 풀지 않고 배기겠습니까?

"아, 그렇긴 하네."

"모르드 왕국의 모함이 되레 많은 이의 관심을 불러일으킨 것입니다. 본인들도 결국 호기심을 이기지 못하고 참가한 것 같군요."

다 닦은 안경을 쓴 제럴드는 오른손으로 관중석 한곳을 가리켰다. 그곳엔 모르드 왕국의 문양이 새겨진 갑옷을 입고 있는 기사가 한 무리 뭉쳐 있었다.

"슈릭스란 놈도 있군."

카일은 어제 자신을 도발한 슈릭스를 잊지 않고 기억해 냈다.

"페이서, 너라면 알아서 잘하겠지만 최소한 저놈에겐 본때를 보여줘."

"지금의 내가 과연 그럴 수 있을까……."

카일에게 떠밀리듯 대련에 참가한 페이서는 여전히 망설이고 있었다. 그리고 많은 이가 자신을 주목하고 있다는 사실에 긴장을 풀 수 없었다.

"왠지 옛날 생각이 나는군요."

"아, 비슷한 일이 전에도 분명히 있었지? 내 기억으론 4년 전 같은데……."

"24년 전입니다."

리에트 대신 카트리나와 함께 네 남녀가 마족과의 전쟁을 치르던 시절, 모르드 왕국과 대적하던 보르니아 왕국의 기사들과 대련으로 오해를 풀어야 했던 적이 있었다.

"결국 그때 마지막을 장식한 건 페이서였지?"

"참고로 카일, 당신은 첫 번째 판에서 실격당했죠?"

"내 성격상 검을 들고 겨루는 데 피를 안 볼 수가 없잖아? 쩝……."

당시 카일은 상대에게 검 한 번 휘두를 틈조차 주지 않고 압도적으로 이겼지만, 거의 반 죽을 정도로 공격했기 때문에 패배해 버렸다.

그 뒤로 인간과 맞설 땐 절대 검을 들지 않고 맨주먹으로 싸우기로 결심했다.

"자자, 옛날이야기는 이쯤하자. 페이서, 준비되었지?"

카일은 자리에서 일어서더니 페이서의 어깨를 툭툭 두들 겼다.

그리고 직접 페이서의 머리에 투구를 씌워주었다.

"그러면… 다녀올게."

페이서는 길게 숨을 내쉬더니 울타리를 넘어 경기장 중앙으로 걸어갔다.

심판 역의 기사를 사이에 두고 페이서와 젊은 기사 한 명이 서로 마주 보았다.

"옛 영웅과 검을 겨루게 되어 영광이로군요. 전 호른 왕국 소속의 기사 크루디어입니다."

"페이서입니다."

그는 더 이상 자신의 이름 앞에 소속 국가를 붙일 수 없게 된 현실을 깨닫고 잠시 침울한 표정을 지었다. 더군다나 뒤통수에서 들린 야유 소리에 긴장은 더 깊어만 갔다.

카일은 모르드 왕국 기사들이 모여 있는 객석을 노려보며 자리에서 벌떡 일어섰지만, 그의 옷자락을 동시에 잡은 제럴드와 리에트를 보며 도로 자리에 앉았다.

심판이 지켜야 할 규칙을 설명하는 동안 관중들이 하나둘씩 입을 다물더니 떠들썩했던 분위기가 가라앉으며 고요함이 찾아왔다.

관중들은 20년 전 세상을 구했던 빛의 용사의 실력이 얼마나 돌아왔는지, 혹시 빛의 힘마저 되찾았는지에 대한 기대와 의심이 뒤섞인 눈빛으로 페이서를 주시했다.

"그러면 시작하겠습니다!"

심판이 시합 개시를 알리며 멀리 물러서자, 두 남자는 동시에 검자루에 재빨리 손을 가져갔다.

관중들은 과연 어떤 식으로 시합이 진행될지 두근거리는 가슴을 안고 시합에 집중했다.

하지만 이내 쑥덕거리며 고개를 갸웃거렸다.

특히 페이서에게 돈을 건 병사들은 인상을 잔뜩 쓰더니 머리를 감싸 쥐었다.

"뭐야? 무슨 일이라도 생겼나?"

"설마 이렇게 돈 날리는 거야? 용사였다는 말만 믿고 이번 달 월급 다 쏟아부었는데!"

페이서는 오른손으로 움켜쥔 검자루를 계속 잡아당겼지만 검집 안에서 검은 여전히 뽑히질 않았고, 손은 부들부들 떨렸다.

기대감이 박살 나버린 관중들 사이에서 야유가 터져 나왔고 페이서의 얼굴은 땀투성이가 되어버렸다.

"저게 무슨 놈의 빛의 용사야?"

"그러게 말이야, 킥킥킥……."

모르드 왕국 소속 기사들은 검조차 뽑지 못하고 끙끙대는 페이서를 바라보며 노골적으로 비웃기 시작했다.

페이서의 상대 크루디어조차 방금 전 같이 싸우게 되어 영광이라는 말이 무색하게 아래로 내린 검끝으로 각반을 두들기며 하품을 했다.

"잠깐만!"

카일이 자리에서 벌떡 일어서더니 울타리를 넘어 경기장 안으로 들어갔다.

관중석의 야유가 계속 울려 퍼지는 가운데 카일은 페이서에게 다가가 귓속말을 건넸다.

"페이서, 괜찮아?"

"카, 카일. 나는……."

"너무 긴장하지 마. 저 애들은 몬스터도 마족도 아니잖아. 나와 코넬리아 상대로 검을 잘만 휘둘렀으면서 저 애송이들 앞에서 왜 떨고 그래?"

카일은 페이서의 이마에 잔뜩 맺힌 땀을 손바닥으로 훑어 주었다.

"그리고 이건 실전이 아니라고. 대련이잖아."

"그, 그랬지."

"혹시 피 보는 게 두려워서 그런 거라면 네 실력을 믿으라고. 넌 나와 다르잖아? 24년 전에 있었던 일 기억나지? 빛의 힘을 얻기 전이었는데도 잘난 척하던 보르니아 왕국의 기사들을 보란 듯이 꺾었잖아."

카일은 숨을 고르는 페이서의 등을 가볍게 툭툭 두들겨 주었다.

"그땐 네가 마지막 선수였지만, 지금은 처음이자 마지막이야. 믿는다?"

그 말을 마지막으로 카일은 원래 자리로 돌아가 털썩 앉았다. 그러자 이야기 내내 서 있던 제럴드의 입에서 안도의 한숨이 흘러나왔다.

"전 당신이 직접 뛰어들 줄 알고 가슴이 조마조마했습니다."

"그래도 이기긴 할 거 아니야? 실격패 기준만 아슬아슬하게 피해 간다면 말이지."

"그게 가능하다면 카일이 아니죠."

제럴드의 지적에 카일은 말없이 웃을 뿐이었다.

"휴우, 휴우……."

페이서는 눈을 감고 숨을 깊게 들이마셨다 내쉬기를 반복하며 거칠어진 호흡을 가다듬었다.

"페이서 님, 언제까지 기다려야 합니까?"

크루디어는 아예 페이서를 바라보지도 않고 자신의 검끝을 매만지며 딴청을 피우고 있었다.

"…이제 됐습니다."

스르릉.

이전 몬스터를 앞에 두고 뽑았을 때보다 좀 더 부드럽게 검이 검집에서 빠져나왔다.

"오래 기다리게 해서 죄송합니다. 이제 시작해 봅시다."

"다치시면 곤란하니 무리하진 마십시오."

크루디어는 완전히 승리를 자신하며 미소를 지었다.

하지만 너무 마음을 놓았던 것일까, 페이서의 손에 미세하게 남아 있던 떨림이 완전히 사라졌다는 걸 크루디어는 알아채지 못했다.

2

"와아아!"

관중석에 앉은 이들의 입에서 함성이 터져 나오며 경기장의 분위기가 후끈 달아올랐다.

검과 검이 맞부딪치는 순간 검 한 자루가 저 멀리 날아가 땅바닥에 박혀 버렸고, 페이서가 앞으로 내민 검끝은 지쳐서 한쪽 무릎을 꿇은 상대의 목을 정확하게 노리고 있었다.

상대가 페이서에게 내지른 공격은 단 한 번도 제대로 적중하지 못했고, 반대로 페이서는 연거푸 공격을 성공시키더니 결국 상대방의 무기를 멀리 날려 보냈다.

"…졌습니다."

"승자, 페이서!"

심판이 페이서의 이름을 외치자 관중들 사이에서 우렁찬 함성이 다시 한 번 터져 나왔다.

승자 예측에 틀린 이들은 무용지물이 되어버린 종이쪽지

를 위로 내던지며 머리를 감싸쥐었고, 페이서의 승리에 돈을 건 자들은 미친 듯이 환호성을 지르며 마구 날뛰었다.

검을 검집 안에 집어넣은 페이서는 이마에 연신 흘러내리는 땀을 손바닥으로 훔쳐내며 일행이 있는 쪽으로 걸어갔다.

빈자리에 털썩 앉자마자 땀이 잔뜩 묻은 투구를 벗고 카일이 내민 수통의 물을 벌컥벌컥 들이켰다.

"휴우, 역시 젊은 기사들이라 패기가 남달라."

페이서는 고개를 아래로 푹 숙인 자세로 호흡을 천천히 골랐다. 막상 그의 패기에 젊은 기사들이 대련 내내 압도되었다는 사실을 페이서 본인은 모르고 있었지만.

"카일, 이번엔⋯ 얼마나 걸렸지?"

"3분 정도. 확실히 빨라졌어."

페이서는 처음 상대로 나섰던 크루디어를 상대로는 10분이 넘는 공방전 끝에 간신히 승리를 거두었다.

실전에서 사용하는 마나의 특화를 일체 배제한 상태에서 치러지는 대련이기에 무거운 갑옷을 입고 10분이나 움직이는 것 자체가 중노동에 가까웠다.

"지금⋯ 몇 명째지?"

"아, 그⋯ 그게 경기 보는 데 열중해서 미처 세지 못했어."

옛 친구의 실력이 조금씩 되살아나는 장면을 실시간으로 본 까닭일까, 카일은 그답지 않게 페이서 앞에서 말문이 막혔다.

"제럴드, 내가 이제까지 몇 명 이겼지?"

"13명입니다. 상대한 기사들의 국적과 지위별로 나누어서 다시 설명해 드릴까요?"

"아니, 그럴 필요까진 없어. 그래, 13명째라. 나도 완전히 죽지는 않았구나."

페이서는 아래로 내린 오른손 주먹을 강하게 움켜쥐며 살며시 미소 지었다.

사실 오늘 예정된 대련은 이전과 마찬가지로 토너먼트 형식으로 진행될 예정이었다. 하지만 첫 경기에서 이긴 페이서는 돌연 승자가 계속 다른 상대와 싸우는 방식으로 바꿔달라는 제안을 했다.

"이런 식으로 가다간 너 혼자서 모든 선수를 상대하게 되겠는데?"

"그렇게 되어야 해. 그렇지 않으면 규칙을 바꿔달라고 말한 보람이 없으니까."

"솔직히 네가 그런 말을 할 줄은 몰랐어. 나라면 모를까?"

"그러게. 나도 지금 돌이켜 보니 무슨 생각으로 그랬는지 모르겠어. 하하……."

고작 첫 경기를, 그것도 간신히 이긴 사람의 입에서 나오기엔 너무나 오만한 발언이라고 느낀 관중들은 적지 않은 야유를 보냈다.

그런 관중 앞에 페이서는 겁에 질리기는커녕 오히려 자신에게 돈을 거는 이들에게 두둑한 돈을 안겨주겠다며 호언장담을 했다.

결국 페이서의 제안을 받아들인 다음 대련 상대들은 과연 얼마나 잘난지 직접 확인해 보겠다고 열의를 불태웠고, 바뀐 대진표로 인해 2경기부터 도박에 걸렸던 돈을 도로 돌려주고 새로 배율을 정하느라 관중석은 완전 뒤죽박죽이 되어버렸다.

혼돈 속에서 2경기가 펼쳐졌고, 한 번 더 이긴 페이서는 경기가 이어질수록 상대를 이기는 시간을 조금씩 단축시켰다.

"페이서, 휴식 시간 끝났어."

"벌써?"

연승을 할 경우 승자의 체력 안배를 위해 10분에서 배로 늘어난 20분의 휴식 시간이 주어졌다.

예전 같으면 기다리는 시간이 길어져서 관중들의 불평이 쏟아질 법했지만, 점점 더 강력한 모습으로 연승을 달리는 페이서의 행보에 다음은 얼마나 더 일찍 승부를 결정지을까에 대한 추가 도박까지 진행 중이라 불평할 새도 없었다.

"막상 경기장 안에서 싸울 땐 3분이 1시간처럼 느껴지는데, 여기에 앉아 있으면 시간이 훌쩍 가버리는 것 같아."

페이서는 벗어놨던 투구를 다시 쓰고선 경기장 안으로 걸어갔다.

"와아아! 또 나왔어!"

"이번에 이기면 14연승이야! 대단해!"

휴식 시간 동안 잠시 가라앉았던 관중석의 분위기는 14번째 대련을 준비 중인 페이서의 등장과 함께 다시 달아올랐다.

"어? 여자들 목소리가 들리는데?"

굵직한 남성들의 함성 속에서 여성 특유의 가늘면서 높은 음성이 들리는 보기 드문 현상에 카일이 고개를 돌렸다.

관중석을 둘러본 카일의 눈에 여러 왕국에서 소집된 여기사들이 한곳에 모여서 페이서의 이름을 연신 외치는 모습이 들어왔다. 또 다른 관중석에선 일찌감치 가게를 닫고 모여든 술집 여성들이 페이서를 향해 매혹적인 눈빛을 연신 보내고 있었다.

"야… 진짜 저 녀석은 여자 이목 끄는 데엔 본능적인 뭔가가 있는 거 같아."

"아까 페이서 님이 투구 벗을 때 여자들이 비명 지른 거 못 들었습니까?"

"중년이 된 지금도 저런데 예전 한창 날리던 모습으로 왔다면 저 여자들 모조리 기절했겠어."

여전히 발휘되고 있는 페이서의 '마성'에 대해 두 남자가 잡담을 나누는 사이, 14번째 대련이 시작되었다.

이번 상대는 쌍검을 다루는 기사 멜슨이었다.

시합이 개시되자마자 멜슨은 두 개의 검을 자유자재로 휘두르며 페이서의 빈틈을 집요하게 노렸다.

"저 정도 공격에 쓰러질 녀석은 아니지."

검술 그 자체만 놓고 본다면 카일보다 한 수 위인 코델리아에게 혹독한 지도를 받아왔던 페이서였다.

그리고 예전 페이서가 빛의 힘을 얻기 이전부터 검술 하나만 따져도 모르드 왕국 내에서 따라올 자가 거의 없었다는 사실을 카일은 그의 뒷모습을 보며 떠올렸다.

검과 검이 맞부딪히는 소리에 관중들은 어느새 입을 꾹 다물고 대련에 집중했다.

상대의 공격이 연달아 계속되는 상황에서 페이서는 침착함을 잃지 않고 움직임 하나하나를 머릿속에 기억했다.

카앙!

멜슨이 쥐고 있던 두 개의 검이 동시에 튕겨 올라 빙글빙글 돌더니 땅바닥에 푹 박혔다.

"어, 어떻게 된 거지?"

멜슨은 충격으로 힘이 들어가지 않는 두 손을 멍하니 보고 있었다. 그리고 자신의 머리를 겨누고 있는 페이서의 검끝을 보고 패배를 인정해야만 했다.

페이서는 멜슨에게 고개를 살짝 끄덕이더니 아무 말도 없이 의자에 앉아 거칠어진 숨을 골랐다.

"와아! 또 이겼어! 그것도 일격에!"

"14연승째야! 믿을 수 없어! 게다가 전 시합보다 또 빨리 끝냈다고!"

페이서의 승리에 돈을 걸었던 병사들은 환호성을 지르며 마구 날뛰었다.

처음엔 과거의 용사가 나타난다는 소문에 이끌려 온 이들이었다. 그중에는 이왕 돈을 걸 바엔 대박을 노리겠다며 승부 자체에선 그리 큰 기대를 받지 못한 페이서에게 건 이도 상당수였다.

그들은 순식간에 월급 몇 달 치에 해당하는 배당금이 손에 들어오는 상상을 하며 페이서의 이름을 연신 외쳤다.

반면 모르드 왕국 측 기사들은 자신들의 야유를 완전히 묻어버린 함성 속에서 표정이 잔뜩 일그러졌다.

특히 17번째이자 마지막 상대로 나서야 하는 슈릭스는 페이서가 활약 중인 현실 자체를 받아들일 수 없었다.

"말도 안 돼! 저렇게 계속 싸우다니! 뭔가 속임수가 있을 거야!"

그는 페이서의 승리가 계속 이어지는 동안 가슴속에 쌓였던 분노를 고스란히 담아 고함을 질렀다.

순간 흥겹게 떠들던 관중들은 슈릭스의 고함 소리에 입을 다물었고, 갑작스러운 침묵이 이어졌다.

"제럴드, 잠시 다녀올게."

"뭔가 저지를 작정입니까?"

"나도 그렇게 생각 없는 인간 아니야. 별일 없을 테니 보고 있으라고."

카일은 염려하는 제럴드에게 괜찮다는 손짓을 한 뒤 경기장을 가로질러 모르드 왕국 소속 기사들이 앉아 있는 관중석을 향해 걸어갔다.

카일과 슈릭스와의 거리가 점점 좁혀질수록 슈릭스의 동료 기사들은 슬그머니 뒤로 물러서기 시작했고, 카일이 도착했을 땐 슈릭스 홀로 자리에 앉아 있었다.

"다, 당신은……."

"슈릭스라고 했지? 이봐, 똑똑히 잘 들어."

굳이 존댓말을 할 필요성을 느끼지 못한 카일의 입에서 대뜸 반말이 툭 튀어나왔다.

"난 이전 전쟁에서 페이서보다 훨씬 많은 몬스터와 마족의 목을 베었지. 아니, 사실 더 찾아보면 저 녀석보다 적을 많이 죽인 인간은 의외로 쉽게 찾을 수 있을지도 몰라. 하지만……."

카일은 슈릭스의 왼편에 턱 앉더니 오른으로 그의 머리를 붙잡아 정면을 바라보도록 고정시켰다.

"저 녀석은 많은 마족을 죽이지 않고 포로로 잡았어. 내가 포로로 잡은 마족의 수보다 아마 수십 배는 더 많을 걸?"

슈릭스의 얼굴에서 땀이 비오듯 흘러내렸다.

"너도 검을 휘둘러 봤으니 잘 알겠지만, 상대를 죽이는 것보다 훨씬 어려운 게 살려서 제압하는 일이야. 참고로 말하자면, 지금은 아니지만 옛날 난 일대일 대련으론 저 녀석을 이긴 적이 거의 없었어."

그렇기에 카일은 블랙아웃 모드에서 벗어나지 못해 피아를 구별 못하는 최악의 상황을 여러 번 겪었음에도 인간을 죽인 적이 단 한 번도 없었다.

페이서는 카일에게 있어서 동료 이전에 어둠 속에 휘말릴 뻔한 자신을 몇 번이나 구해준 은인이나 다름없었다.

"그런 그 녀석이 어떤 속임수로 젊은 기사들을 이겼는지 매우 궁금해. 자세히, 그리고 상세하게 설명해 줄 수 있겠지?"

"그, 그걸 제가 어떻게 압니까?"

"그러면 속임수라는 건 어떻게 파악했고?"

순간 슈릭스의 머리를 움켜쥐고 있던 카일의 오른손이 검은 불길에 휩싸였다.

그들의 뒤에 있던 관중들이 화들짝 놀라며 황급히 물러섰지만 막상 슈릭스의 몸은 멀쩡했다.

"20년 전의 나였다면 넌 이미 새까맣게 그을렸을 거다. 하지만 조금이라도 너에게 해를 끼친다면 곧 있을 저 녀석과의 대결에서 한 소리 나올 게 뻔하니 이번엔 참도록 하겠어."

카일은 슈릭스의 머리에서 손을 떼고선 입술 왼쪽 끝을 살짝 치켜 올리는 특유의 미소를 지었다.

"와아아! 또 이겼어!"

"벌써 15연승째야!"

바로 그때, 슈릭스의 돌발 행동 때문에 조용했던 관중석이 다시금 불타오르기 시작했다.

이번에는 단 1분 만에 상대를 제압한 페이서가 검을 높이 들어 올리며 자신에게 쏟아지는 환호성에 답했다.

"저 녀석, 저런 여유도 보여줄 줄도 아네."

이제 주변도 돌아볼 줄 알게 된 친구를 바라보며 자리에서 일어섰다.

"자, 슬슬 준비해야 하지 않겠어? 다음 경기 끝나면 바로 네 차례잖아. 네가 말한 그 정체를 알 수 없는 속임수를 어떻게 깰지 기대하겠어."

카일은 슈릭스의 어깨를 툭툭 쳐준 뒤 원래 자리를 향해 걸어갔다.

3

15번째 경기마저 승리로 장식한 페이서는 아직 휴식 시간이 10분 넘게 남아 있음에도 일찌감치 의자에서 일어나 경기장 안으로 걸어갔다.

'진짜 오래간만에 느껴보는 감각이야.'

비록 마나의 특화를 배제한 상태에서 진행된 대련이었지만, 각 나라에서 한 가닥 한다는 신진기수들을 상대로 검을 주고받으며 잃어버렸던 무언가를 되찾아가는 중이었다.

"저렇게 잘 싸울 거였으면서 처음엔 왜 그리 떨었는지……."

카일은 자신의 예상보다 훨씬 선전하고 있는 페이서의 등을 바라보며 쓴소리를 가볍게 툭 내뱉었다.

"하지만 이제 자부심 좀 생겼겠지? 이렇게 많은 사람 앞에서 실력을 발휘했으니 말이야."

"보통 사람이라면 자부심이 자만심으로 쉽게 변질될 수 있겠죠."

"하지만 워낙 고지식한 녀석이니 그러기도 쉽지 않지."

경기가 거듭될수록 페이서가 휘두르는 검의 움직임은 더욱 날카롭고 섬세하게 변했다.

승리가 계속 이어졌음에도 페이서는 자만하기는커녕 더욱더 자신을 조이면서 되살아난 감각을 더욱 다듬고 있었다.

"그러고 보니 마지막을 남은 두 놈은 모르드 왕국 기사지?"

"네, 그다음에도 그렇습니다."

"얼마나 실력을 보여줄지 기대되는군."

이어질 시합을 기대하는 이는 카일과 제럴드뿐만이 아니었다.

관중 대부분 모르드 왕국이 페이서에 대해 퍼뜨린 이야기를 알고 있었기에 지금까지의 경기와는 다른 방향으로 기대를 품고 있었다.

특히 모르드 왕국군이 이 요새에서 벌인 행패를 기억하는 타국 병사들은 소문에 관계없이 노골적으로 페이서를 응원 중이었다.

"그런데 뭔가 문제가 생긴 것 같은데?"

슬슬 다음 시합이 시작될 때가 되었음에도 상대편 기사는 경기장 안으로 들어오지 않았다.

카일은 아까 슈릭스가 있었던 자리에 시선을 돌렸지만, 있어야 할 모르드 왕국 기사는 한 명도 보이지 않고 다른 이들이 앉아 있었다.

"뭔지 물어봐야겠어."

"저도 같이 가보겠습니다."

카일과 제럴드는 경기장 안으로 들어가 심판을 맡고 있는 기사에게 어떻게 된 일인지 자초지종을 물어봤다.

"네? 몸이 아프다며 먼저 돌아갔다고요?"

"네. 두 분 모두 갑자기 복통이 일어나서 싸울 수 없다고 하더군요."

"이놈들, 이럴 때만 멀쩡하던 몸이 탈이 나는군."

어차피 싸워봐야 별다른 이변이 없는 한 페이서의 승리를 예측했지만, 이런 식으로 상대방이 내뺄 줄은 카일도 예상하지 못했다.

결국 심판은 고개를 갸웃거리며 관중석 앞으로 다가갔다.

"관중 여러분! 남아 있는 경기 두 개는 참석하기로 했던 기사분들의 개인 사정에 의해 취소되었음을 알려드립니다."

"엥? 그게 뭐야?"

"그렇게 잘난 척하더니 이럴 때 쏙 빠지는 거야?"

"그러면 내가 건 돈은?"

이전까지와의 경기와 다른 방향의 흥미진진함을 기대하던 관중들은 모르드 왕국의 기사들이 맥없이 기권해 버리자 어이를 상실했다.

"고로 오늘 경기는 여기에서 끝……."

"그게 무슨 소리야!"

그리고 곧바로 분노를 폭발시키며 쥐고 있던 음식과 쓰레기를 경기장 안으로 마구 내던지기 시작했다.

"도망간 기사들을 당장 불러와라!"

"그쪽 인간들, 평소에도 맘에 안 들었는데 이런 식으로 경기를 망치냐!"

"아오, 모르드 왕국의 개새끼들이!"

병사들뿐만 아니라 평소 고상하게 품위를 지키던 타국 기사들마저 흥분에 휩싸여 욕설을 마구 쏟아냈다.

심판 역을 맡은 기사는 머리 위에서 마구 날아오는 쓰레기 더미를 피해 황급히 도망가 버렸고, 흥분한 관중들은 계속 경기를 진행해 달라며 항의했다.

"이거, 보통 방법으론 진정 안 되겠네?"

카일은 관중석에서 쏟아져 나오는 욕지거리에 피식 웃으면서 페이서의 어깨에 손을 올렸다.

"너와 내가 특별 대련이라도 펼쳐야 하지 않을까?"

"카일, 너하고?"

"네가 활약하는 모습을 보니 그냥 구경하고 있기엔 좀이 쑤시기도 했거든. 하지만 그랬다간 내 원래 계획과는 거리가 멀어지는데… 어쩔까나."

흑염의 힘을 사용하지 않는다 하여도 지금의 페이서로선 카일을 이기긴 힘들다. 그렇다고 일부러 봐주면서 상대한다면 페이서가 당장에 눈치채 버리는 문제를 떠나 그를 모독하는 일이 되어버리니 난감할 따름이었다.

"제럴드 넌 마법사라 안 되겠고, 리에트는 인간 상대로는 싸우지 못하니 애당초 제외되고. 젠장, 모르드 왕국 놈들은 끝까지 날 골치 아프게 만드는군."

카일은 슈릭스에게 '어설프게' 겁을 준 일을 후회했다. 아예 도망조차 가지 못하게 단단히 붙잡아놓던가 했어야 했다.

"그러면 이 몸이 나서겠다!"

휘이잉.

관중석에서 날아온 거대한 대검이 포물선을 그리며 경기장 한가운데에 비스듬히 푹 박혔다.

그리고 각국의 지휘관들만이 따로 모여 있는 자리에서 50대로 보이는 남성이 벌떡 일어서더니 경기장 안으로 걸음을 내디뎠다.

"저 영감 누구야?"

카일은 갑작스레 등장한 남자를 보며 고개를 갸웃거렸다.

"어디선가 본 기억이 나는데… 페이서, 네가 아는 사람이야?"

"그, 글쎄?"

"저도 잘 모르겠습니다."

카일은 물론 페이서와 제럴드도 누구인지 몰라 예전 기억을 더듬어보는 사이, 그는 집어던졌던 검을 뽑아 들고 어깨에 걸쳤다.

"이보게, 날 기억하겠나?"

자신이 누구인지 알겠냐며 물어보는 남자의 질문에 페이서는 모르겠다는 표정이었다. 하지만 그가 걸치고 있는 갑옷정 가운데 새겨진 문장만큼은 낯이 익었다.

딱 한 번 본 문장이지만 절대 잊을 수 없었다.

"보르니아 왕국의 문장이로군요."

"그 당시 자네에게 제대로 검 한 번 휘둘러 보지 못하고 패했던 아르고스지. 이래도 모르겠나?"

"아……."

아르고스라는 이름에 페이서는 예전 기억을 떠올리며 입을 살짝 벌렸다.

24년 전, 서로의 오해가 겹친 덕분에 일대일로 맞서야 했던 상대의 이름이었다.

"자네 옆에 있는 안경 낀 남자는 제럴드겠고, 뒤에 있는 아가씨는… 성녀님이 아니로군?"

"사정이 있어서 카트리나와는 떨어져 있는 중이지."

카일의 대답에 아르고스는 머리를 앞으로 쑥 내밀더니 카일의 얼굴을 뚫어져라 살펴봤다.

"아, 자네 얼굴을 가까이에서 보니 진짜 하나도 안 늙었군! 20년 동안 석화되어 있었다는 말이 사실이었나?"

"그러는 아르고스 당신은 왜 그렇게 팍삭 늙었어? 아니, 늙은 정도가 아니라 얼굴은 물론이고 체형 자체가 바뀌었잖아? 예전 별명이었던 '북의 귀공자'는 도대체 어디로 내다 버렸어?"

당시 30대에 막 들어섰던 보르니아 왕국의 기사 아르고스는 '북의 귀공자'라는 아명에 걸맞게 날카로운 외모와 인상을 지닌 또 한 명의 용사였다.

하지만 20여 년 넘게 시간이 흘러간 지금 그에게서 예전 모습을 떠올리기란 여간 힘든 일이 아니었다.

날렵했던 턱선은 살에 묻혀 완전히 사라졌고, 날씬하던 몸매엔 살이 붙어 후덕한 이미지로 바뀌었다.

"원래 나이 들면 다 이렇게 돼! 페이서 쪽이 이상한 거고!"

"그, 그런가? 하긴 페이서도 20년 만에 만났을 때 너 못지않았지."

"아무튼 이런 장소에서 다시 만나게 될 줄은 몰랐네, 페이서."

외모뿐만이 아니라 성격도 완전히 변해 버린 아르고스는 한때 라이벌로 여겼던 페이서를 그리움이 담긴 눈빛으로 바라보았다.

"자네에게 진 덕분에 진정한 용사의 자리는 양보했지만, 내가 최고가 아니라는 교훈을 얻게 되었지."

당시의 패배를 기점으로 아르고스는 오만했던 과거를 버

리고 처음으로 자기 자신을 돌아보게 되었다. 그리고 마족과의 최전선에 직접 뛰어들어 혈전 속에서 뛰어난 활약을 펼쳤다.

"하지만 자네와의 재대결은 결국 이뤄지지 않았지. 미리 말해두지만 난 예전의 내가 아닐세!"

아그로스는 어깨에 걸쳐 메고 있던 대검을 한 손으로 움켜쥐더니 페이서의 목을 향해 겨누었다.

"24년 만에 서로의 실력을 다시 확인해 보는 건 어떤가?"

"원하던 바입니다."

"좋아!"

오랜 시간을 거슬러 다시 만난 두 남자의 이야기가 끝나자 다른 방향으로 달아올랐던 관중석은 예전처럼 좋은 방향으로 불타기 시작했다.

"페이서, 옛날에 이긴 상대에게 지는 것처럼 망신살 뻗치는 일은 없다? 봐주지 마."

카일은 페이서의 등을 쳐준 뒤 제럴드와 함께 경기장을 벗어나 원래 자리로 돌아갔다. 그사이 도망쳤던 심판이 허겁지겁 되돌아와 시합 개시를 알렸다.

"와아아!"

두 남자의 검이 부딪히면서 16번째 경기가 시작되자, 지축을 뒤흔들 정도의 함성이 경기장에 울려 퍼졌다.

4

페이서와 아르고스의 경기는 24년 전과 전혀 다른 양상으로 흘러갔다.

당시 두 남자는 검과 방패를 사용해 대련을 치렀고, 페이서의 압도적인 승리로 끝났다.

하지만 24년이 흐른 지금은 대검으로 무기를 바꾼 아르고스의 강력한 공격을 페이서가 맞받아치는 양상으로 흘러갔다.

카앙!

"오오!"

아르고스가 호쾌하게 휘두른 대검에 페이서는 서 있는 채로 뒤로 죽 밀려 나갔다. 관중석에선 감탄사가 마구 쏟아졌고, 페이서는 충격 때문에 저려오는 손을 움켜쥐었다 폈다를 반복했다.

"하아앗!"

높이 도약한 아르고스의 대검이 페이서의 투구를 노리고 위에서 아래로 크게 휘둘러졌다. 하지만 페이서는 상대의 공격을 흘리면서 옆으로 살짝 움직였고, 반격을 시작했다.

카앙! 카앙!

검과 검이 맞부딪히는 소리와 함께 먼지가 짙게 피어올랐다.

시합이 진행될수록 경기에 걸리는 시간 자체가 계속 줄어들었던 것과 반대로, 두 남자의 대련은 어느새 5분을 넘기며 장기전의 양상을 띠기 시작했다.

초반 치러진 몇 경기를 제외하곤 페이서의 우세로 진행되던 경기와 달리 팽팽하게 전개되는 양상에 관중들은 어느새 승패에 관계없이 몰입했다.

맥주잔 안의 맥주가 미지근해지는 것도 모르고, 자신이 돈을 건 상대와 금액이 적혀 있는 종이를 움켜쥔 관중들의 손은 땀에 흠뻑 젖었다.

"이걸로 끝일세!"

거듭된 공격에 페이서의 기세가 잠시 밀린 틈을 아르고스는 놓치지 않았다.

그는 땅에 닿을 정도로 자세를 낮추더니 순간 대검을 양손으로 움켜쥐며 강하게 위로 휘둘렀다.

파아앗!

그러자 강렬한 빛이 페이서의 오른손에 피어오르더니, 빛에 휩싸인 그의 검이 아르고스의 대검을 아래로 튕겨냈다.

"바, 방금 그 빛은……."

아르고스는 놀란 표정으로 페이서의 검을 바라보았다.

페이서 역시 믿을 수 없다는 눈으로 오른손에 쥔 검을 바라보았다.

"자네, 빛의 힘이 되돌아온 건가?"

아르고스는 대검을 내팽개치더니 페이서의 양쪽 어깨를 강하게 움켜쥐었다.

관중들은 갑자기 나타난 빛에 일순간 입을 다물고 상황이 어떻게 전개될지를 기대하며 침을 꿀꺽 삼켰다.

하지만 검을 휘감았던 빛은 점점 작아지더니 완전히 모습을 감추었고, 페이서는 고개를 가로저었다.

"아닙니다. 보시다시피 일시적으로 돌아온 것에 불과합니다."

"저런……."

페이서보다 아르고스 쪽이 더 아쉬워하며 두 눈을 감았다.

'아이고, 이럴 땐 융통성을 발휘해서 돌려 말했어야지.'

카일은 페이서가 아직 빛의 힘을 완전히 되찾지 못했다고 솔직하게 이야기하자 얼굴을 감싸 쥐며 인상을 찌푸렸다.

"저 녀석, 역시 고지식해."

"거짓말조차 할 줄 모르고 말입니다."

제럴드 역시 아쉽기는 마찬가지였다. 여기에서 조금만 말을 덧붙이면 많은 이가 보는 앞에서 나름 입지를 다질 수 있는 기회였음에도 말이다.

"저, 방금 전 빛의 힘을 쓰신 것 맞습니까?"

잠시 시합이 중지되자 심판이 경기장 안으로 들어왔다.

"네."

"그러면 페이서 님의 실격으로… 우읍!"

"잠깐잠깐! 이건 아니지!"

아르고스는 경기의 끝을 알리려는 심판의 입을 손으로 막아섰다.

"고작 실수 한 번으로 24년 만의 재대결을 이런 식으로 끝내고 싶진 않다네. 어이! 그대들도 제대로 승부 나는 걸 보고 싶지 않아?"

아르고스의 외침에 관중석에서 '다시!' 라는 말이 터져 나오며 경기의 재개를 촉구했다.

"저 인간은 그사이 융통성 하나만큼은 제대로 익혔군. 나이 들면 저래야 하는 거 아니야?"

카일은 예전 깐깐했던 아르고스의 이미지를 떠올리며 함성이 메아리치는 관중석을 바라보았다.

결국 분위기에 압도된 심판은 시합 재개를 알리며 물러섰고, 두 남자의 검은 다시 격돌했다.

"그래! 이런 분위기야말로 우리들에게 어울리지!"

한껏 흥이 오른 아르고스는 더욱 호쾌하게 대검을 휘둘렀고 페이서는 혹시라도 빛의 힘을 다시 쓰지 않도록 집중해서 반격했다.

그렇게 3분 정도 시간이 더 흘러갔을 무렵, 높이 뛰어오른 아르고스가 검을 아래로 강하게 휘둘렀다.

카앙!

아르고스의 공격이 막히는 소리가 울려 퍼지면서 먼지가 확 피어올랐다. 관중들은 먼지가 서서히 걷히면서 드러나는 시야에 눈을 떼지 못했다.

"이런이런, 또 졌구먼!"

아르고스는 자신의 대검이 맨땅에 꽂혀 있는 걸 보며 아쉬워했다. 반면 페이서의 검은 정확하게 아르고스의 목을 노리고 있었다.

"스… 승자, 페이서!"

"와아아!"

이전 세대의 두 남자가 펼친 격전에 관중석에선 환호성과 함성이 쏟아졌다.

"페이서! 페이서! 페이서!"

그리고 관중들 사이에서 페이서의 이름을 연호하기 시작했다.

경기장 안으로 들어간 카일은 멍하니 서 있는 페이서 옆으로 다가갔다.

"네 실력, 아직 안 죽었구나?"

"아… 내가 이겼어?"

"그래. 아슬아슬하긴 했지만."

카일은 검자루를 쥔 페이서의 오른손 위에 자신의 손을 얹더니 검집 안으로 검을 집어넣도록 이끌었다.

"결국 또 졌군. 이제 나도 슬슬 은퇴해야 하나."

이번에야말로 반드시 이기겠다고 결심했던 아르고스는 비스듬히 땅에 박힌 자신의 검을 바라보며 푸념했다.

"아르고스 장군, 이런 시기일수록 당신같이 경험 있는 전사가 필요합니다."

"경험이라, 그게 그렇게 중요할까?"

"그게 젊은이들에게 이미 지나간 세대라 불릴지라도 말입니다."

"자네, 제법 용사 같은 말을 하는구먼. 허허!"

아르고스는 너털웃음을 터뜨리더니 쓰고 있던 투구를 벗어 뒤로 휙 내던졌다.

얼굴은 물론이고 온몸에 땀이 줄줄 흘러내렸지만, 이렇게 상쾌한 기분은 오래간만이었다.

"난 모르드 왕국 측에서 퍼뜨린 헛소문 따위 처음부터 믿지 않았지. 자네처럼 고지식한 남자가 반역이라니? 말도 안 되지."

"아르고스 경……."

"페이서, 만약 도움이 필요하다면 언제든지 말하게나. 이래보여도 보르니아 왕국에서 내 말에 거역할 인물은 폐하 말고는 없거든!"

아르고스는 대검을 뽑아 들더니 어깨에 걸쳐 메고 경기장 밖으로 걸어 나갔다.

패배했음에도 밀고 밀리는 공방전이 뭔지 제대로 보여준 아르고스에게 박수갈채가 쏟아졌다.

"크아! 술맛 한번 죽이는군!"

아르고스가 부하에게 건네받은 맥주잔을 높이 들어 올리며 단번에 들이켜자 관중들은 물론 부하들의 입에서도 폭소가 터져 나왔다.

"그러면 우리도 이만 갈까?"

카일은 페이서의 왼쪽 팔을 자신의 목에 걸쳤다.

"솔직히 지금 걸어갈 기운도 없지?"

"응… 맞아."

이전에 잃어버렸던 자신감으로 충만해진 마음과 달리 몸은 한꺼번에 찾아온 피로에 짓눌려 당장에라도 쓰러지기 일보 직전이었다.

카일의 부축을 받으며 페이서가 경기장 밖으로 걸어 나가자 제럴드와 리에트가 그 뒤를 따라갔다.

흥분에 휩싸인 관중석의 함성을 뒤로하고 걸어가던 그들

의 앞에 법의를 걸친 사제가 박수를 치고 있었다.

짝짝짝.

"훌륭하군요. 과연 왕년에 빛의 용사라 불릴 정도의 실력이었습니다."

"누구죠?"

카일은 페이서를 제럴드에게 맡기더니 등에 걸쳐 멘 대검의 검자루에 손을 슬쩍 가져갔다.

"여러분을 더 기다리게 하기 죄송해서 예정보다 일찍 도착했습니다. 전 엘레힘 교단 소속의 추기경 오르갈트라고 합니다."

"추기경?"

"오늘 아침 도착하자마자 여러분을 찾아뵈려고 했지만, 이렇게 멋진 이벤트가 펼쳐진다는 걸 알고 일부러 경기가 모두 끝날 때까지 기다렸습니다."

텔릭 장군이 말했던 교단 측의 인간이 누구인지 안 카일은 검자루에서 손을 뗐다.

그러나 그의 옆에 바짝 다가온 리에트가 벌벌 떠는 손으로 망토를 강하게 움켜쥐었다.

"리에트?"

여전히 표정에는 아무런 변화가 없었지만 한눈에 봐도 겁에 질렸다는 것 정도는 쉽게 알 수 있었다.

"무서워……."

리에트는 오르갈트와 시선이 마주치는 것조차 두려워하며 아예 카일에게 달라붙었다.

"당신, 혹시……."

"그 아가씨에 대한 이야기는 나중으로 미루도록 하죠. 지금 중요한 건 그게 아니지 않습니까?"

5

카일과 페이서는 오르갈트를 따라 20여 년 전 인간과 마족의 마지막 전투가 벌어졌던 지하 던전 안으로 내려갔다.

1년도 안 되는 시간 만에 여길 다시 온 카일과 달리 21년 가까이 되는 세월이 흘러간 이후에 지하 던전의 계단을 하나씩 내려가는 페이서의 얼굴은 만감이 교차했다.

"그땐 이 계단 하나 내려가려고 주변이 완전 피투성이가 될 정도로 싸웠는데, 기억나?"

"……."

과거를 회상하는 카일의 말에 페이서는 입을 굳게 다물 뿐이었다. 결국 카일도 더 이상 입을 열지 않고 묵묵히 던전 아래로 내려갔다.

굳게 닫혀 있는 거대한 석문 앞에 오르갈트가 도착하자, 경비병들이 말없이 옆으로 비켜섰다.

"잠시만 기다려 주십시오."

오르갈트는 석문 정 가운데에 오른손을 얹고서 기도문을 읊기 시작했다. 그가 내민 손바닥을 중심으로 석문 위로 빛과 함께 신성문자가 하나씩 떠올랐다가 순서대로 사라졌다.

끼이익……

거친 마찰음과 함께 석문이 열리면서 지하 던전 최하층에 위치한, 제이블란트와의 마지막 격전이 펼쳐졌던 장소가 모습을 드러냈다.

"성검 레디언스……"

페이서의 입에서 흘러나온 말에는 그 어떤 단어로도 표현하기 힘들 정도로 여러 감정이 복잡하게 뒤엉켜 있었다.

성검 레디언스는 페이서에게 강력한 힘을 가져다주었던 무기임과 동시에 그의 몰락의 시작을 알리는 증오스러운 존재였다.

또한 마족과의 전쟁을 승리로 끝낸 상징이면서 교단의 알 수 없는 의도가 숨겨져 있는 요물이기도 했다.

예전 카일이 석화에서 풀려났을 때와 마찬가지로 지상에서 뿜어져 나온 한 줄기 빛이 성검 레디언스를 감싸고 있었다.

다만 전과 달라진 점이라면 그 성검을 중심으로 네 명의 여사제가 동서남북 각각 다른 방향에 앉아서 기도문을 쉬지 않고 읊고 있는 모습이었다.

"자매분들, 잠시 자리를 비켜주시길 바랍니다."

오르갈트의 말에 여사제들은 조용히 몸을 일으키더니 그에게 성호를 긋고 한 명씩 석문 밖으로 걸어 나왔다.

끼이익.

다시 석문이 닫히자 성검 위에서 쏟아지는 빛줄기만이 어두운 방 안을 밝혔다.

"저 여사제들로 뭔가 조치 중인 거 같은데, 이대로 그냥 놔둬도 됩니까?"

"1시간 정도라면 문제없을 테니 염려 마십시오."

오르갈트는 아무렇지 않다는 듯 대답하더니 성검 레디언스 앞으로 걸어갔다.

그의 손끝이 검자루를 살며시 쓰다듬었지만 아무 일도 일어나지 않았다. 그 대신 성검을 뚫어져라 바라보고 있던 페이서가 침을 꿀꺽 삼켰다.

"다시 뽑아 들고 싶습니까?"

오르갈트는 얼굴에 미소를 머금고선 뒷짐을 지고서 옆으로 슬쩍 물러났다.

전혀 예상 못했던 말에 페이서는 제자리에 돌처럼 굳어 있었다.

"예전 교단이 당신에게 성검을 넘겨준 시점부터 성검의 소유권 자체는 교단을 떠난 지 오래입니다. 무엇을 망설이십니까?"

오르갈트는 페이서에게 보란 듯이 성검을 향해 오른손을 내밀었다.

페이서의 시야엔 오르갈트는 물론이고 카일도 들어오지 않았다. 위에서 내려오는 빛을 받아 반짝이고 있는 성검 레디언스만이 보일 뿐이었다.

'빛의 힘을 완전히, 다시 되찾게 된다면 이전의 고달팠던 삶을 잊어버리고 예전처럼······.'

한 걸음씩 앞으로 걸어갈 때마다 성검에 대한 페이서의 욕구는 커져만 갔다.

모든 걸 포기하고 절망에 빠졌던 그는 20년 만에 돌아온 카일에 의해 조금씩 예전 모습으로 돌아가고 있었지만, 아직도 그의 손에 완전히 들어오지 못한 빛의 힘에 대해서는 여전히 목말라했다.

옛날 용사로 남들에게 받았던 칭송이나 금은보화보다 지금 눈앞에 있는 성검이 그 어떤 유혹보다 달콤하게 다가왔다.

어느새 페이서는 성검 바로 앞까지 다가왔다. 그리고 천천히 손을 앞으로 내밀었다.

살짝 펼친 손을 움켜쥔다면 20년 넘게 갈구해 왔던 빛의 힘이 되돌아온다는 희망에 자신도 모르게 활짝 웃었다.

"페이서!"

"아……."

카일의 일갈에 정신이 번쩍 든 페이서는 손을 다급히 거두며 뒤로 물러섰다.

"나, 나는……."

"너에게 화내는 게 아니야."

카일은 오르갈트의 멱살을 강하게 붙들었다.

"페이서를 봉인을 풀어버린 천하의 악당으로 만들 작정입니까?"

비록 20여 년 전과 마찬가지로 마족과 싸우고 있는 카일이었지만, 페이서를 헌신짝처럼 버린 다수의 인간을 위해서는 결코 아니었다.

전쟁 속에서만 가치를 발휘하는 동료들에게 새로운 전란이 도래했기 때문에 이전 자신이 받았던 것을 되돌려 주려는 의도 때문이었다.

그런 지금 페이서가 성검을 뽑아 들고 빛의 힘을 되찾는 동시에 봉인이 풀린다면 비난의 화살이 누구에게 돌아갈지는 불을 보듯 뻔했다.

게다가 페이서가 성검을 다시 뽑지 못한다면 그건 그것대로 문제였다.

이제까지 잃어버렸던 것들을 하나씩 착실하게 되찾아가던 페이서에게 단번에 예전처럼 강해질 수 있는 희망이 바로 성검에 달려 있는데, 뽑지 못하고 좌절한다면 엘리서스 성에서 술에 쩔어 지낼 때보다 훨씬 더 큰 절망 속에서 빠져나오지 못할 가능성도 컸다.

그렇게 될 바엔 차라리 이루지 못한 희망으로라도 남겨놔야 한다고 카일은 생각했다.

"교단의 인간이라면 봉인 이후 페이서가 어떤 대접을 받았는지 잘 알겠죠? 그럼에도 저 녀석 앞에서 한번 뽑아보라는 말이 나올 수 있습니까? 전 이런 식의 질 낮은 농담이나 들으러 여기에 온 게 아닙니다."

"하하하, 정중한 말투와 무례한 행동을 동시에 만끽하게 될 줄은 몰랐군요. 차라리 반말을 해주시는 편이 낫겠습니다만."

"네가 원한다면 그렇게 해주지."

카일은 사력을 다해 멱살을 쥔 손을 위로 들어 올리려했지만, 알 수 없는 힘에 의해 저지되었다.

자신을 바라보고 있는 오르갈트의 미소가 여전히 거슬렸지만, 멱살을 놓고 인상을 찌푸렸다.

"더 이상 신경전 벌이고 싶지 않으니 여기로 우릴 부른 이유나 말해."

"알겠습니다. 저도 이곳에서만큼은 오래 있고 싶은 생각이 없으니까요. 이 부분을 자세히 봐주십시오."

오르갈트는 성검 레디언스가 박힌 지면을 가리켰다.

"보다시피 성검 레디언스의 봉인에는 특별한 이상은 없습니다. 물론 봉인 자체에 약점이 드러나긴 했지만, 아까 있었던 자매분들의 힘으로도 충분히 막을 수 있을 정도입니다."

위에서 쏟아지는 빛과 대조적으로 검신이 박힌 부위에서 미세한 실처럼 검은색 기운이 뿜어져 나오고 있었다. 그러나 오르갈트의 말대로 마족들의 힘에 영향을 끼칠 정도는 아니라고 카일은 판단했다.

"아무래도 카일 님이 석화에서 풀려나는 과정에서 봉인에 아주 작은 균열이 생겼다고 보는 게 가장 타당할 겁니다. 아, 물론 당신 탓을 하는 건 아닙니다. 봉인이 이렇게 안정될 때까지 성검과 함께 20년이나 석화되어 있었던 '인간의 은인'에게 더한 걸 요구할 수는 없잖습니까?"

"그러면 나와 페이서를 굳이 이곳까지 부를 이유는 없잖아?"

"지금 흘러나오는 미미한 기운 자체를 발견할 당시엔 이대로 봉인이 풀려 버리는 줄 알고 교단 내부에서도 꽤나 떠들썩했죠. 카일 님은 물론이거니와 페이서 님의 행방을 찾기 위해 교단 내 인력을 총동원하라는 지침을 내리기 직전이었습니다. 물론 실상을 파악한 이후엔 참고인 자격으로 가능한 한 모셔오라는 쪽으로 바꾸었습니다만… 아무래도 각국에 전달되는 과정에서 다소 심한 왜곡이 이뤄진 것 같군요."

"간단히 말해 너희 멋대로 호들갑 떨었다는 이야기로군. 우리가 여기 올 필요가 없었다는 점에는 변함이 없고."

"세상일은 모르는 법입니다. 당신이 정확하게 20년을 맞춰 석화에서 풀려나리라 예상하지 못한 것처럼 말이죠. 만약 봉인의 균열이 급격하게 진행된 이후 여러분을 불렀다면 이미 때는 늦었을 겁니다."

카일과 오르갈트는 한 치의 양보도 없이 말을 이어갔다.

'그나저나 저 인간의 말이 사실이라면……. 봉인 자체에 이상이 약간 있어도 마족들에게 영향을 끼칠 정도가 아니라니, 더 골치가 아파지겠어.'

예전보다 마족의 기세가 강해진 이유가 봉인이 약화되어서가 아니라 실력 자체가 늘었기 때문이라면, 봉인이 풀린 이후의 구도는 어느 쪽이 유리하고 불리한지 따질 필요도 없다.

"뭘 그리 걱정하십니까?"

오르갈트는 몸을 옆으로 돌리더니 성검을 정면으로 바라보았다.

"어차피 두 분이 활약하던 때는 암흑의 화신이 봉인되기 이전이었지 이후가 아니지 않습니까? 아무리 현재 마족의 기세가 높다한들 제이블란트의 힘이 마족 모두를 강하게 만들었던 예전보단 낫다고 봅니다."

맞는 말이지만 상대가 교단의 일원인 오르갈트라는 사실과 멋대로 마음을 읽혔다는 불쾌함에 카일은 긍정 혹은 부정 그 어느 쪽의 의사도 표현하지 않고 굳은 표정으로 일관했다.

"그러면 용건은 다 끝났지?"

카일은 여전히 성검에 대한 미련을 버리지 못하고 있는 페이서를 계속 이곳에 놔두기 힘들었다.

카일은 페이서의 오른손을 붙들더니 석문 쪽으로 걸어갔다.

"아직 이야기는 끝나지 않았습니다."

"봉인은 약간 이상이 있지만 건재하고, 나보고 다시 석화되라는 이야기도 아니고, 그렇다고 페이서에게 새로운 성검이라도 제공할 생각도 없잖아?"

"대신 다른 제안을 드리지요."

"뭘? 설마 나보고 교단에 귀의하라는 시답잖은 제의라도 할 거냐?"

"바로 그겁니다."

6

다시 뒤돌아선 카일은 어이없다는 표정으로 오르갈트를 바라보았다.

"너, 제정신이냐?"

예전 제럴드의 마탑에 찾아갔을 당시 웨어울프 공작 로베르토의 제의는 구태의연하다는 점을 제외하곤 감정적인 면에서 설득력을 지녔다.

그러나 지금 오르갈트의 말은 머리는 물론 가슴으로도 이해하기 불가능했다.

"내가 이제까지 본 교단의 인간 중에서 그나마 말 좀 할 줄 안다고 여겼는데, 마지막에 와서 왜 그 따위로 굴어?"

"물론 당신이라면 저의 제안을 단칼에 거절하실 거라 예상하고 있었습니다."

"그러면서 나에게 말한 이유가 뭐야? 더욱 이해가 안 가는데……."

"당신을 직접 만나 포섭하려는 의도가 있다는 사실을 밝히는 것만으로도 저에게 충분한 가치가 있는 일이기 때문입니다."

그뿐만 아니라, 카일에 대해 그동안 주변의 이야기만 들어왔던 오르갈트였기에 직접 두 눈으로 어떤 인간인지 확인했다는 점만으로도 나름 이득을 취한 상태였다.

적이든 아군이든 우선 상대를 알아야 제대로 대처할 수 있다는 그의 사고관에 기인한 행동이었다.

"여전히 이해가 안 가. 내가 평소 교단에 호의를 지녔다면 몰라, 막상 난 교단에 좋은 일은 단 한 번도 해준 적이 없었는데? 되레 교단의 인간들을 실컷 패줬으면 패줬지."

"덕분에 적지 않은 수의 비리를 색출할 수 있었죠. 뒤늦게나마 교단을 대표해 감사드립니다."

"아, 그래? 그렇다면……."

하도 어이없는 제안에 다소 감정적으로 돌아가던 카일의 머리가 차갑게 식었다.

'인정할 건 인정하면서 이득은 이득대로 취하겠다, 이런 타입이었군.'

방금 전 오르갈트의 감사한다는 말은 흔히 볼 수 있는 입에 발린 칭찬이 아니었다. 실제로 오르갈트는 그런 부분에서 카일을 높게 평가하고 있었다.

'마족이나 인간들 사이에서 저런 타입을 못 본 것도 아니었는데, 페이서와는 다른 의미로 고지식했던 교단에서 보게 되니 내가 좀 당황했던 것 같아.'

국가라는 개념을 벗어나 종교라는 신념으로 규합된 교단에선 처음 보는 타입의 인간이었다.

그러면 우선 감정적인 요소를 배제하고 맞설 필요가 있다.

"그런데 말이야, 너희는 이미 모르드 왕국과 손을 잡았잖아? 굳이 우리에게까지 손을 내밀 필요는 없을 텐데."

"하나만 믿고 투자하는 건 위험한 선택이죠."

"맞는 말이야. 하지만 내 마음은 변함없어."

노골적으로 그 누구든 이용하겠다는 발언에 카일은 고개를 설레설레 저었다.

"그러면 페이서 님, 어떻습니까?"

오르갈트는 성검 레디언스에 손을 뻗더니 손끝에 닿기 직전 멈췄다.

"경기장에서 들렸던 함성이 아직도 귓가에 아른거리지 않습니까?"

"……."

"지금이라도 교단에 귀의하신다면 모르드 왕국 측에 제공한 것 이상의 협조를 약속드리겠습니다. 또한 성검이 필요하시다면 이것 말고 다른 걸 교단에 즉시 연락해 가져오겠습니다."

20년이라는 긴 시간을 허비한 뒤 힘겨운 재활의 길을 걸어가고 있는 페이서에게 오르갈트는 훨씬 더 편하고 빠른 지름길을 자신 있게 제시했다.

"내 눈치 볼 필요 없어. 네가 옳다고 생각하는 길을 택해."

카일은 석문 쪽으로 몸을 돌렸고, 오르갈트는 그 반대편에 있는 성검 레디언스 옆에 서서 페이서를 향해 손을 내밀었다.

두 남자 사이에서 페이서는 고심에 빠진 체 고개를 푹 숙였다.

이제까지 자신을 이끌어준 친구는 등을 돌린 채 서 있기만 했고, 알 수 없는 속셈을 품고 있는 엘레힘 교단의 성직자는 자신에게 손을 내밀며 붙잡아주기만을 기다리고 있었다.

10여 분 넘게 시간이 흘러간 후에야 고개를 든 페이서는 오르갈트가 아닌 카일을 향해 걸어갔다.

"이런, 역시 예상대로군요."

오르갈트는 페이서를 향해 아쉬움 섞인 시선을 보냈다.

페이서가 오르갈트 쪽으로 고개를 돌리며 뭔가 말하려는 순간, 손을 내밀어 중단시켰다.

"거절하신 이유를 군이 말하실 필요는 없습니다. 어떤 이유로 거절하셨는지도 짐작이 가고, 카일 님께서 먼저 제안을 거절한 이상 페이서 님이 받아들일 가능성 자체가 극히 적었을 거라 판단했습니다."

"그렇습니까……."

"전 그저 세상의 모든 일이 예상한대로 흘러가지 않는다는 진실에 살짝 기대를 걸어본 것뿐입니다. 하지만 이럴 때 일수록 예상대로 흘러가는 게 또 다른 법칙이기도 하죠."

이전 엘리서스 성에서 있었던, 제안을 거절당하자 노골적으로 적의를 드러내던 트레스발드와는 너무나 비교되는 대답이었다.

"나중에라도 마음이 바뀐다면 언제든지 절 찾아오십시오. 엘레힘 교단은 스스로 다가오는 이를 항상 품에 안을 준비가 되어 있습니다."

7

석문이 닫히자 홀로 남게 된 오르갈트 추기경은 성검 레디언스 앞에 홀로 섰다.

"직접 싸우는 모습을 봐야 확신할 수 있겠지만, 나보다 훨씬 더 강한 힘을 지녔음이 분명해. 역시 한 시대를 풍미했던 자다워."

페이서가 성검 레디언스에 눈을 떼지 못했던 것처럼, 오르갈트는 이야기 내내 카일의 육체 안에 억눌려 있는 어둠의 기운을 유심히 살폈다.

"굳이 돌아가는 길을 택한 그들이 어디까지 올라갈 수 있을지 기대되는데?"

비록 모르드 왕국과 손을 잡긴 했지만, 그건 어디까지나 교단 차원에서 결정된 일이었다. 오르갈트 개인의 의사는 여전히 카일과 어떻게 해서든 협력체계를 구축하자는 쪽이었다.

오르갈트는 카일의 역량은 물론, 그가 지니고 있는 어둠의 힘 그 자체에 매료된 지 오래였다.

특히나 그가 지닌 어둠의 힘이 보통 인간이라면 절대 버틸 수 없는 수준임에도 불구하고 '인간'으로 남아 있다는 사실을 직접 두 눈으로 확인한 지금, 카일의 존재 자체가 너무나 신비롭게 느껴졌다.

"다음에 만날 때에도 인간이었으면 좋겠는데… 이번에도 내 예상대로 될까?"

오르갈트는 오른손과 왼손을 번갈아가며 앞으로 내밀었다.

오른손에서 강렬한 빛이 솟아나온 것과 대조적으로, 왼손에는 짙은 어둠이 모여들고 있었다.

Chapter 19
황혼과 여명

1

엘레힘 신성력 1326년 5월 7일.

높은 성벽으로 둘러싸인 크로이저 요새의 성문이 열리면
서 말을 탄 기사들이 성 밖으로 하나둘씩 나왔다.

말을 탄 채로 기사들이 성문 앞에서 한 기씩 옆으로 정렬하
는 사이 뒤따라 온 수백 명의 병사가 숙련된 움직임을 보이며
진영을 형성했다.

성문이 닫히자, 집결된 병력이 테르디어스 왕국의 대표로
온 텔릭의 지휘 아래 서쪽으로 이동하기 시작했다.

그들의 임무는 정기적으로 요새에 물품을 보급해 주는 수송부대를 중간에서 만나 요새까지 안전히 호위하는 일이었다.

"굳이 이런 식으로 마중 나오실 필요까진 없는데, 괜찮으시겠습니까?"

카일은 말고삐를 움켜쥐고 자신의 뒤에 탄 리에트가 혹시라도 떨어지지 않게 조심스럽게 말을 몰았다.

페이서와 제럴드는 나란히 카일의 오른편에서 따라왔고, 반대편엔 텔릭이 대열을 유지하며 이동했다.

"여러분과 제 일정이 우연히 겹친 김에 하는 일이니 염려 마십시오."

텔릭은 괜찮다며 대답했지만, 멀어져가는 크로이저 요새를 바라보는 카일의 눈은 그리 곱지 못했다.

"이런 말 하긴 그렇지만 여기로 다시는 오고 싶지 않군요."

오르갈트를 만난 그날, 카일은 당장에라도 요새 밖으로 나갈 작정이었다.

마족처럼 확실한 적이 아니면서 같은 편이라 볼 수도 없는 오르갈트의 미묘한 태도가 내내 마음에 걸려 같은 공간에 있다는 사실이 싫었다.

그러나 예정된 연합회의를 무시하고 떠날 수는 없었기에 숙소에 틀어박혀 날짜가 지나기만 기다렸고, 며칠 뒤 열린 연합회의는 서로 자국의 이익만 주장한 결과 수확 따윈 거의 없는 시간 낭비에 불과했다.

특히 모르드 왕국 측에선 빛의 힘을 완전히 되찾지 못한 이전 시대의 용사에게 힘을 빌릴 필요가 없다는 입장을 고수하며 노골적으로 페이서를 견제하는 움직임을 보였다.

테르디어스 왕국 대표로 참석한 텔릭은 약소국에 해당하는 자국의 입지상 이렇다할 의견조차 제시하기 힘들었다.

'그나마 기댈 구석이라도 만들어준 나라가 보르니아 왕국이라니, 솔직히 의외였어.'

젊었을 시절 페이서의 라이벌이기도 했던 아르고스는 연합회의 내내 그답지 않게 팔짱을 끼고 침묵을 지켰다. 그리고 회의가 끝나자 카일 일행을 남들 몰래 자신의 방으로 부르더니 조용히 가문의 문양이 새겨진 반지를 건네며 조심스럽게 입을 열었다.

'페이서, 자네가 보여준 용맹을 좁은 경기장이 아닌 더 넓은 곳에서도 만끽하고 싶더군. 마음 같아서야 당장에라도 자넬 보르니아 왕국으로 데려오고 싶지만 아쉽게도 지금은 불가능해. 꽉 막힌 관료들을 설득할 시간부터 마련해야 하고⋯⋯.'

냉정히 따지면 아르고스의 제안 자체가 실현되기 위해선 선행되어야 할 조건이 적지 않았다. 그렇기에 카일이 생각한

대로 기댈 구석 하나 생긴 정도에서 만족해야 했다.

"카일 님, 앞으로 어떻게 하실 계획입니까?"

"막상 크로이저 요새에선 건진 거 없이 허탕만 쳤고, 모르드 왕국은 또 한 번 저희를 가만히 놔두지 않겠다고 무언으로 경고했으니… 최대한 그쪽 세력이 미치지 않는 곳으로 가야겠죠."

이렇게 뭔가 앞이 보이지 않을 때마다 새로운 제안을 제시하던 제럴드는 현재 자신의 힘을 되찾기 위해 전력을 다하고 있는 입장이라 카일은 막연하게 대륙을 돌아다니는 쪽을 택했다.

"그런데 저희가 잠시나마 합류한 게 해가 되지 않을까 모르겠군요. 가는 곳마다 마족과 몬스터를 안 본 적이 거의 없었으니……."

"지금은 언제 적들이 나타나도 이상하지 않은 시기입니다. 오히려 그렇지 않으면 운이 좋은 겁니다."

"그것도 그렇긴 하군요."

"어차피 오늘 데리고 온 병사들은 여러분을 배웅하기 위해 자원한 병력이기도 하니 너무 심려치 마십시오."

지난 경기장에서 홀로 전승을 기록한 페이서를 테르디어스 왕국 소속 병사들이 존경 어린 눈빛으로 올려다보고 있었다.

페이서가 그들과 같은 숙소에 머무르는 동안 틈틈이 검술이나 기타 여러 상황에서의 대응방법 같은 걸 상세하고 친절하게 가르쳐 주기도 했지만, 결정적으로 경기장에서 연승을 거두어 그에게 돈을 건 병사들에게 두둑한 배당금을 안겨주었기에 대부분의 병사가 페이서를 따라 나왔다.

"역시 마음에 걸려."

카일은 다시 한 번 크로이저 요새를 향해 뒤돌아보았다.

"리에트에 대해 물어보지 않은 게 후회돼."

"나?"

그의 앞에 앉아 있던 리에트는 큰 눈을 깜박이며 턱을 살짝 들어 카일의 얼굴을 바라보았다.

"응, 좋은 이야기가 오고 가진 않았겠지만."

"어차피 제대로 된 대답을 들을 수 없었을 겁니다."

제럴드의 냉정한 예상에 카일은 고개를 끄덕이며 수긍했다. 그래도 미련이 남는 건 어쩔 수 없었다.

"그걸 떠나서 우선 물어보기라도 했어야 했는데, 다른 일에 너무 신경이 쏠려서 미처 생각하지 못했거든. 추기경 쪽에선 거절당할 걸 알면서 나에게 그런 제안을 한 것에 비교하면… 확실히 손해 본 느낌이야."

짧은 시간 동안 상대가 카일과 페이서에 대해 많은 걸 알아가고 사라졌다는 걸 떠올리자 더 냉정하지 못했음을 후회했다.

"항상 이득만 볼 수는 없는 법이지 않습니까? 앞으로 가기 위해 뒤로 물러서야 하는 경우도 있어야 하죠."

"그렇긴 한데, 왠지 모르게 더 악화될 것 같은 기분이 들어."

카일은 다시 정면으로 고개를 돌려 크로이저 요새를 시야에서 지웠지만, 마음속에 남아 있는 찝찝함은 여전히 사라지질 않았다.

2

"나쁜 예상은… 기가 막힐 정도로 들어맞는군."

수송부대와 합류하기로 약속된 장소에 도착한 카일의 시야에 온통 붉은색만이 들어왔다.

화르륵.

물건을 가득 실은 수십여 대의 마차가 불에 휩싸여 활활 불타오르고 있었다. 마차 주변에 쓰러져 있는 병사들의 시체에선 피가 줄줄 흘러나와 땅바닥을 붉게 적셨다.

"이럴 수가……."

말 위에서 내린 텔릭은 허망한 눈으로 수송부대를 뒤덮은 불길을 바라봤다.

테르디어스 왕국 소속 병사들은 크로이저 요새로 온 이후 처음으로 경험한 '패배'라는 단어 앞에 적지 않게 당황하고 있었다.

"내 진작 수송 경로를 바꾸자고 건의했건만, 결국 이런 결과로 나타나 버렸군요."

그는 마족과의 전쟁을 완전한 승리로 이끌고 나서야 논의되어야 할, 각 나라 간의 이권 배분에 대해 격렬한 토론이 벌어지던 연합회의를 떠올렸다.

막상 급하게 처리되어야 할 일에 대해선 무사태평하게 대처하는 이들의 얼굴을 떠올리자 치밀어 오르는 분노를 주체하기 힘들었다.

모두가 불타오르는 수레들에 주목하고 있을 때, 제럴드는 수레 뒤에 길게 이어져 있는 바퀴 자국을 유심히 살피더니 텔릭에게 다가갔다.

"텔릭 경, 아무래도 수송부대의 잔존 병력이 다른 곳에도 있을 것 같습니다."

"네?"

"요새 내 인구를 감안하면 지금 여기서 불타고 있는 물자의 규모는 작은 편입니다. 그리고 이 바퀴 자국들을 보십시오."

서쪽에서 시작된 바퀴 자국들이 서로 제멋대로 뒤엉키더니 방향을 바꾸어 북쪽으로 길게 이어졌다.

"자, 잠시만 기다려 주십시오."

제럴드의 지적에 정신을 차린 텔릭은 품에서 지도를 꺼내 펼쳐 들었다. 그리고 현 위치에 해당하는 지도 중앙을 오른손 검지 끝으로 누르고 천천히 위로 올렸다.

손가락이 멈춰 선 곳엔 가로 방향으로 길게 이어진 강 그림이 그려져 있었고, 그 위엔 무성한 수풀을 나타내는 기호가 자리 잡고 있었다.

"만일 수송부대의 남은 병력이 요새 쪽으로 후퇴했다면 반대편에서 오고 있던 저희와 분명히 도중에 마주쳤을 겁니다. 고로 제럴드 님의 말씀대로 북쪽을 향했을 가능성이 크겠군요."

"하지만 공격을 받은 수송부대에서 전령 하나 보내지 않았다는 점을 간과할 순 없습니다. 저라면 굳이 북쪽으로 후퇴하지 않고 계속 가던 방향으로 수송물자를 조금씩 포기하면서 도망치는 쪽을 택했을 겁니다. 뭔가 여러 요소가 복잡하게 꼬인 기분을 지우기 힘들군요."

제럴드는 주변에 널브러져 있는 시체 중 말과 함께 쓰러져 있는 시신 한 구에 다가갔다.

"흐음, 이런 식으로 죽기도 힘든데……."

옆으로 쓰러진 말과 병사의 몸을 기다란 창이 대각선 방향으로 관통하고 있었다.

제럴드는 좀 더 시간을 두고 생각을 정리할 필요를 느꼈지만, 텔릭은 수송부대가 완전히 전멸하지 않았을 가능성에 초점을 두고 빠른 결정을 내려야 했다.

"우선 수송부대가 습격당했다는 걸 알리기 위해 전령을 요새로 급히 보내겠습니다. 그리고 아직 생존해 있을지도 모르는 잔존 병력을 구출해야겠습니다."

말을 마친 텔릭은 카일 일행의 얼굴을 하나씩 살펴보았다.

"염치없는 부탁이지만, 도와주실 수 있겠습니까?"

텔릭이 허리를 굽히며 공손히 부탁하자, 카일은 그의 어깨를 붙들더니 굽혔던 허리를 도로 세워주었다.

"부하들 앞에서 이런 모습 함부로 보이시면 곤란합니다. 지휘관의 위엄을 갖추셔야죠."

"하지만 지금 상황이 상황이니만큼 그런 것 따질 때가 아닙니다."

"어차피 요새에서 여러분께 신세진 것도 갚아야 하겠고, 이런 때 나 몰라라 저희끼리 가버릴 거라 생각하셨다면 섭섭합니다."

카일은 다시 말 위에 올라타더니 말머리를 북쪽으로 돌렸다.

"정말로 감사합니다!"

"그 말은 일이 끝난 뒤에 듣기로 하죠. 빨리 출발합시다!"

3

파바박!

멀리서 날아온 불화살이 수레 위에 가득 실린 짐에 우수수 박혔다. 그러자 병사들은 나무통에 가득 담긴 물을 끼얹으며 진화에 바빴다.

"에잇! 뭣들 하느냐! 불길이 번지지 않느냐? 빨리 움직여라!"

수송부대의 지휘관 제르딘은 연신 고함을 지르며 병사들을 독촉했다.

수송해 온 물자의 반을 강에 도착하기 전까지 지키는 데에 성공했지만, 진영을 제대로 갖추기도 전에 연달아 발사된 불화살과 화염마법에 보급품이 불길에 휩싸였다 물에 적셔지기를 반복했다.

"으아악!"

수레 앞에서 몬스터들을 상대하던 병사들의 입에서 비명소리가 터져 나왔고, 제르딘의 안색은 하얗게 질려갔다.

마음 같아서는 물자고 뭐고 다 내팽개치고 목숨만이라도 부지하고 싶었지만, 이렇게 맥없이 패배하고 요새로 돌아간다면 그를 맞이할 처벌에 악수를 둘 수밖에 없었다.

"뭣들 하느냐! 여기에 아직 불이 꺼지지 않았다! 아, 아니…
우선 저 몬스터들부터 막아라! 진영을 유지해라!"

제르딘의 지휘가 일관성 없이 갈팡질팡하는 사이 병사들
은 지쳐갔다.

이미 적지 않은 수의 병사가 강가로 가 물을 퍼나르는 척하
며 뒤편 숲으로 도망쳐 버렸고, 얼음장벽을 연신 수레 앞에
펼치며 불화살을 막아냈던 마법사들의 마나는 바닥을 보인
지 오래였다.

"저, 저건 뭐지? 적들의 증원인가?"

지평선 너머 피어오르는 먼지에 제르딘은 적지 않게 당황
했다.

우선 아군인지 적군인지 판단하기 위해 꺼내든 망원경을
유심히 살폈지만, 동그란 시야 한복판으로 날아드는 스피어
에 그의 몸이 순간 경직되었다.

"으아악!"

그는 두 눈을 질끈 감으며 비명을 질렀다.

"나, 나 살아 있나?"

제르딘은 얼굴과 몸 여기저기를 매만지며 상처가 없는지
확인했다.

그를 노렸던 스피어는 뒤에 기댔던 나무 기둥 한가운데를
관통해 저 멀리 땅바닥에 박혀 있었다.

"이런 곳에서 죽을 순 없어!"

제르딘은 검을 내팽개치더니 뒤로 돌아보지 않고 강을 향해 달려갔다. 그리고 열심히 헤엄쳐 건너더니 수풀 속으로 몸을 감췄다.

지휘관 제르딘의 고함 소리가 사라지자 병사들은 짐에 붙은 불을 꺼야 할지, 아니면 몬스터들과 맞서 싸워야 할지 갈팡질팡했다.

그들의 귀엔 인간 병사들의 비명과 신음 소리, 그리고 몬스터들의 함성만이 들렸다.

모두 절망에 빠져 죽음만을 기다리던 바로 그때, 수송부대 병사들을 향해 쏟아지던 불화살이 돌연 방향을 바꾸었다.

"원군이다!"

*　　　*　　　*

카일이 탄 말이 뒤따라오는 병사들과의 거리를 더욱 벌리며 몬스터들을 향해 질주했다.

'아무래도 저들 중 무시 못 할 마족이 껴 있을 거야.'

카일과 함께 말을 타고 있는 리에트는 돌연 '이기기 힘들어'라는 말을 하며 북쪽을 가리켰다.

이전 코델리아를 처음 만났을 때 한 말인 '이길 수 없어'와

뉘앙스가 약간 다르긴 했지만, 만만한 상대가 아닐 거라는 점에는 변함이 없었다.

"……!"

카일은 고개를 번쩍 들더니, 하늘에서 대각선 아래 방향으로 날아오는 스피어를 확인했다.

"모두 흩어져!"

카일은 뒤따라오는 일행에게 들리도록 있는 힘껏 고함을 지르더니 왼손으로 리에트를 강하게 품에 안고서 오른손으로 대검을 검집에서 뽑아냈다.

카앙!

흑염의 기운에 휩싸인 그의 대검이 스피어를 멀리 튕겨냈다.

위로 날아오른 스피어가 땅에 떨어지기 직전, 끝에 매달려 있던 와이어가 감기면서 투척되었던 방향으로 빠르게 사라졌다.

다행이 달리던 말에서 떨어지진 않았지만, 검자루를 움켜쥔 오른손이 심하게 떨리고 있었다.

"리에트, 셋을 세면 말에서 뛰어내리는 거야. 꼭 붙들어."

"응."

리에트가 고개를 끄덕이며 대답하자 카일은 입으로 숫자를 세더니 셋을 말하는 순간 안장 위에 두 발로 서더니 옆으로 뛰어내렸다.

파바박!

그를 태우고 달려가던 말을 향해 화살들이 우수수 박혔고, 피투성이가 된 말은 고개를 마구 휘젓더니 앞으로 쓰러졌다.

먼지에 휩싸인 카일과 리에트를 향해 화살비가 마구 퍼부어졌다. 하지만 뭔가에 튕겨 나가는 소리만 들릴 뿐, 핏방울 하나 땅바닥에 흘러내리지 않았다.

카일은 리에트를 손가락으로 가리키더니 몬스터들의 진영 오른쪽을 가리켰고, 자신은 왼쪽을 맡겠다는 제스처를 취했다. 그렇게 말없이 지시를 내린 카일은 리에트와 서로 반대 방향으로 뛰기 시작하더니, 몬스터들을 향해 달려들었다.

"하아앗!"

콰콰쾅!

흑염의 기운이 폭발하며 몬스터들의 시체들이 우수수 허공에 솟아올랐다. 그리고 동시에 리에트의 플레일이 빙빙 돌면서 몬스터들을 후퇴시켰다.

카일과 리에트가 미리 말에서 내려 몬스터들에 돌격한 덕분에 뒤따라오던 이들은 안전하게 말을 멈춰 세우고 진열을 빠르게 갖췄다.

"모두 돌진하라!"

"와아아아!"

텔릭의 지휘 아래 테르디어스 왕국 소속의 병사들이 함성을 지르며 빠르게 돌진했다. 반면 그들의 정면에 거리를 좁히며 달려오고 있는 기병의 숫자는 10여 기에 불과했다.

"기병의 돌격이다! 모두 창을 앞으로!"

"아닙니다! 상대는 보통 몬스터가 아닌 마족입니다! 피하셔야 합니다!"

하지만 맨 앞에서 달려오는 기병을 본 제럴드는 다급히 소리쳤다.

은색 갑주를 걸친, 지휘관으로 보이는 상대의 몸을 중심으로 날카로운 바람이 휘몰아치고 있었다.

"맞서지 마라! 대형을 갈라 피해라!"

제럴드의 외침을 들은 텔릭은 다급히 명령을 변경했다.

병사들이 재빨리 창을 거두고 진열을 재정비하는 사이 제럴드는 두터운 얼음벽을 형성해 병사들과 마족 기병들 사이를 가로막았다.

그러나 가속도가 붙은 기병들의 속도는 예상 밖이었다. 그들이 앞으로 내민 랜스에 얼음벽은 산산조각 나버렸고, 양쪽으로 갈라진 테르디어스 왕국 병사들 사이로 강렬한 바람이 휘몰아쳤다.

"으아악!"

비명 소리와 함께 허공 위로 날아간 기사들과 병사들의 갑옷이 종잇장처럼 찢겨 나갔다. 그들의 몸에서 뿜어져 나온 핏방울이 지면 위로 후두둑 떨어졌고, 날카로운 칼에 베인 것처럼 긴 상처가 여기저기에 자리 잡았다.

"멈추지 마라!"

마족 지휘관의 외침에 마족 기병들은 신속하게 무기를 랜스에서 핼버드로 바꾸더니 미처 도망가지 못한 인간 병사들을 공격하기 시작했다.

"이런!"

몬스터들을 마구 쓰러뜨리던 카일의 등 뒤에 병사들의 비명 소리가 울려 퍼졌다.

그는 방향을 바꾸어 몬스터들이 아닌 마족 기병들을 향해 달려갔다. 그리고 자세를 낮추더니 높게 뛰어올랐다.

"블래스트!"

콰앙!

카일을 중심으로 검은 불꽃이 폭발하며 마족 기병들을 한꺼번에 휘감았다. 하지만 카일은 지면에 꽂혀야 할 자신의 대검이 뭔가에 밀리는 감각에 잽싸게 반격할 준비를 취했다.

"호오? 이걸 막았어?"

웬만한 몬스터들은 물론 마족까지 일순간에 시체 조각으로 만드는 기술이 바람에 휘감긴 핼버드에 막히자, 카일의 입에서 절로 감탄사가 흘러나왔다.

"흑염의 기운?"

카일을 막아선 마족 지휘관은 카일의 몸에서 뿜어져 나온 흑염의 기운을 보고 주춤거렸다. 그리고 카일은 그 틈을 놓치지 않고 반격에 들어갔다.

카앙! 카앙!

카일은 대검을 왼쪽, 오른쪽으로 번갈아가며 휘둘렀지만 상대는 타이밍을 맞춰 어느 한쪽으로 밀려나지 않도록 막아냈다. 그러자 카일은 가로가 아닌 세로 방향으로 공격을 전환했다.

'그 웨어울프 이후론 이런 경험은 처음인데……'

카일의 대검에서 피어오르는 어둠의 불꽃과 상대가 움켜쥔 핼버드에서 뿜어져 나오는 날카로운 바람이 서로 뒤엉키더니 뜨거운 폭풍으로 변해 일대를 휘감았다.

테르디어스의 병사들은 물론이고 몬스터들까지 자신들이 끼어들 싸움이 아니라는 걸 진작 파악하고 멀찌감치 물러섰다.

제럴드와 페이서는 일찌감치 리에트와 함께 나머지 10기의 마족 기병을 상대하고 있었다.

쿠웅!

지면을 울리는 소리와 함께 마족 지휘관의 모습이 카일의 시야에서 돌연 사라졌다. 카일은 짧게 눈을 감았다 뜨면서 마족 특유의 기운이 어디 있는지 감지했고, 오른손 하나로만 휘두르던 대검을 양손으로 움켜쥐었다.

팅, 팅, 팅!

"아까 나에게 선제공격을 날린 마족이 누군가 싶었더니, 너였군."

카일은 검은색 불길에 휩싸인 대검을 휘두르며 하늘에서 투척된 스피어를 연달아 튕겨냈다.

"혹시 네가 카일인가?"

뛰어오를 때보다 거리를 벌리며 착지한 마족 지휘관은 다른 공작들의 입에서 수도 없이 언급되던 흑염의 소유자가 앞에 있다는 걸 확신했다.

"내가 카일이긴 한데, 넌 이전 전쟁 땐 본 적이 없는 종족이로군."

카일은 상대의 입에서 여성의 목소리가 흘러나왔다는 것보다 더 특이한 사실에 주목했다.

'말을 탄 게 아니라, 하반신 자체가 말이잖아? 그렇다면……'

켄타우로스.

상체는 인간의 모습이지만 하체는 말의 육체를 지닌 이종족으로, 20여 년 전에 끝난 전쟁에선 인간 혹은 마족 그 어느 편에서도 서지 않았던 그들이 왜 이제야 마족에 붙었는지 카일은 심히 궁금했다.

하지만 호기심을 해결하기 이전에 우선 생각 이상의 기량을 선보인 켄타우로스 여성부터 처리해야 했다.

"내 이름은 켄타우로스 공작 안젤리카, 용맹한 레이우드의 의지를 이어받은 어둠의 후예다! 흑염의 기운을 소유한 카일, 승부를 내자!"

"나하고?"

맘만 먹으면 언제든지 서로에게 달려들 수 있는 거리였음에도 카일의 입에서 '피식' 하는 웃음이 가볍게 터져 나왔다.

한순간의 방심이 곧바로 죽음으로 이어지는 전쟁터에서 실력을 겨뤄보다는 말 자체가 우습기도 했지만, 이런 식의 대결 요청은 대부분 페이서의 몫이었기에 뭔가 생뚱맞은 기분이었다.

물론 과거 페이서의 입에서도 적지 않게 나왔던 말이기에 가볍게 웃는 선에서 넘어갈 수 있었다.

'지금도 사실상 일대일로 싸우고 있지만, 언제 부하들이 끼어들지 모르니 안심할 수 없지. 그렇다면 확실하게 일대일이 되도록 유도해 볼까? 지금으로선 그렇게 싸우는 게 더 편하기도 하고.'

카일은 상대가 일대일 대결을 요청한다고 그게 끝까지 일대일로 진행될 거라 순진하게 생각하진 않았다.

결국 요청을 받아들이는 쪽에서 그 누구에게도 방해받지 않을 판을 마련해야 한다.

'저기가 좋겠어.'

카일은 강 너머 우거진 수풀을 발견하고는 미소를 지었다.

4

"계속 물러서기만 할 작정인가!"

카일을 따라 계속 쫓아오던 안젤리카의 입에서 불쾌함이 가득 묻어나왔다.

"잡아볼 테면 잡아보라고!"

안젤리카는 우거진 숲 안을 마구 헤집으며 카일의 뒤를 쫓았다.

나름 기병의 장점인 기동력을 억제하려 했던 카일의 속셈은 앞을 가로막은 나무들에 상관없이 돌진하며 새로운 도로를 만들어 버리는 그녀의 위력 앞에 박살 난 지 오래였다.

하지만 자신의 공격을 매번 막아내며 후퇴하는 카일의 대처에 안젤리카의 인내심은 거의 한계에 달했다.

그렇게 이어진 추격전이 20분 가까이 지나자, 둘은 어느새 숲 한가운데에서 멈춰 섰다.

"이 정도면… 충분하겠군."

카일은 안젤리카를 제외한 다른 마족들의 기운이 멀리 떨어진 곳에서 느껴지는 걸 확인한 후에야 후퇴를 멈췄다.

"나와의 대결을 원한다고 그랬지?"

"그렇다!"

안젤리카의 우렁찬 목소리에 카일의 입술 왼쪽이 살짝 치켜 올라갔다.

대검을 땅바닥에 쑥 꽂아 넣은 카일은 두 눈을 감더니 어둠의 힘을 서서히 끌어올리기 시작했다.

"이 정도 되었으면 익숙해질 법도 한데… 역시 무리야."

몸 안의 흐르는 피가 끓어오르는 듯한 미지의 감각은 매번 겪어도 낯설게만 느껴졌다.

피부 안쪽에 숨겨져 있던 혈관들이 툭 튀어나와 검게 변한 혈색을 드러냈고, 여전히 기억에 없는 참혹한 광경이 머릿속에서 마구 떠올랐다.

"그래, 믿어줄 테니까… 이번에도 힘 좀 빌려달라고."

흰자위마저 눈동자와 똑같이 검게 물들어 버린 카일의 눈을 보는 순간, 안젤리카는 움찔거리며 한 발짝 뒤로 물러섰다.

"시작한다."

대검을 다시 움켜쥔 카일이 안젤리카의 시야에서 사라지더니 바로 앞에 불쑥 나타났다.

"⋯⋯!"

카앙!

카일의 기습을 핼버드로 막아낸 안젤리카의 몸이 뒤로 죽 밀려났다. 허겁지겁 자세를 바로잡은 그녀의 시야에 또다시 카일이 사라졌다.

"크윽!"

등 뒤에서 크게 휘둘러진 카일의 대검을 핼버드로 맞받아친 안젤리카의 두 손에 심한 경련이 일어났다.

"이, 이 힘은 도대체⋯⋯."

"놀랐나?"

어둠에 몸을 맡긴 카일은 연이어 대검을 휘두르며 안젤리카를 몰아붙였다.

그의 몸에서 뿜어져 나온 어둠의 칼날이 안젤리카가 앞으로 내민 방패는 물론, 은색 갑주를 마구 난도질했다.

쿠웅!

지축을 흔드는 소리와 함께 이번엔 카일의 시야에서 안젤리카가 사라졌다.

강한 각력을 이용해 높이 뛰어오른 안젤리카는 급히 스피어를 꺼내 지상에 있는 카일을 향해 조준했다.

"또 같은 수를 쓰려고?"

긴 잔상을 이끌고 보란 듯이 안젤리카의 앞에 나타난 카일은 대검을 머리 위로 들어 올리더니 강하게 아래로 휘둘렀다.

콰앙!

공중에서 검은 폭발이 일어나더니 대각선 아래 방향으로 안젤리카가 추락하기 시작했다.

검게 그을린 왼쪽 어깨를 감싸고 있는 그녀를 한발 먼저 지상에 착지한 카일이 양손으로 대검을 움켜쥐고서 기다리고 있었다.

"바람이여!"

두 눈을 질끈 감은 안젤리카의 양어깨 위로 강렬한 바람이 휘몰아치더니 백색의 깃털들이 모여들기 시작했다.

지상으로 떨어지던 안젤리카는 카일이 휘두른 대검의 궤적을 아슬아슬하게 벗어나더니 도로 하늘을 향해 날아올랐다.

"날개?"

공간을 가르고 나타난 수백여 개의 깃털이 서로 뒤엉키더니 두 개의 날개처럼 펄럭이고 있었다.

"하아앗!"

아까보다 더 높이 떠오른 안젤리카는 계속 스피어를 움켜쥐고 있던 오른손을 등 뒤로 젖히더니 아래로 힘껏 휘둘렀다.

자신의 머리를 노리고 강하게 회전하며 날아오는 스피어를 본 카일은 검자루를 오른손으로 쥐고 옆으로 돌린 검신 한

복판을 왼손으로 받들었다.

콰앙!

카일의 대검이 스피어를 튕겨내는 순간, 강렬한 폭발음과 함께 돌풍이 그를 휘감았다.

카일이 서 있는 자리가 아래로 푹 꺼지더니, 땅바닥에 금이 쫙쫙 그어졌다.

카일의 몸에 둘러진 어둠의 기운을 뚫지 못하고 튕겨져 나간 바람의 칼날이 그의 주변을 마구 난도질했고, 베어 나간 나무들이 서로 뒤엉키면서 숲 일대가 완전히 쑥대밭이 되어 버렸다.

휘이잉!

안젤리카는 공중을 날아다니며 카일을 향해 스피어를 계속 투척했다가 와이어를 잡아당겨 회수하면서 공격의 끈을 늦추질 않았다. 하늘로부터 날아오는, 이전보다 강한 공격이었지만 블랙아웃 상태로 들어선 카일은 대검을 휘두르며 연달아 튕겨냈다.

'저 마족 여자도 나처럼 감춰진 능력이 있었잖아? 골치 아프게 되었는데…….'

전투에 있어서 비행 능력은 반격을 걱정하지 않고 일방적인 공격을 시도할 수 있다는 장점으로 이어진다. 그렇다면 처음부터 날개를 펼칠 것이지 왜 이제야 썼는지에 대해 카일은 의심을 품었다.

"뻗어라!"

카일이 오른팔을 하늘을 향해 내밀자, 검은 기운이 그의 몸에서 뻗어 나오더니 여러 개의 채찍처럼 갈라지며 안젤리카를 향해 날아갔다. 하지만 날개를 펄럭이며 공중을 마음껏 활공하는 그녀의 옆을 스쳐 지나가기만 했다.

그렇게 서로 통하지 않는 공격을 주고받으며 시간이 흘러가자 초조해지는 쪽은 카일이었다.

「지금 너는 더 큰 어둠을 필요로 할 텐데……?」

그의 머릿속에서 블랙아웃 모드로 들어간 이후 계속 들리던 유혹의 목소리가 더욱 크게 들렸다.

카일은 고개를 가로저으며 어둠 속으로 더 깊게 빠져들고픈 욕망을 억눌렀지만, 그보다 상대를 쓰러뜨리기 전에 블랙아웃 모드에서 풀려나는 일이 더 걱정이었다.

"젠장, 벌써 쫓아왔나."

게다가 엎친 데 덮친 격으로 남쪽에서 달려오는 마족 기병들의 기운이 감지되었다.

"모두 공주님을 지원하라!"

숲을 뚫고 도착한 총 10기의 켄타우로스 여기사가 재빠르게 포위망을 형성해 카일을 둘러쌌다. 그러자 안젤리카는 날개를 접고 급강하하더니 지상으로부터 5미터 되는 높이에서 멈췄다.

"페리나! 아직 그와의 대결은 끝나지 않았다! 게다가 저 카일이란 인간을 상대하기엔 너희의 역량으론 힘들다! 물러가라!"

카일을 상대로 아직 미완성이지만 비장의 기술인 '천마의 날개' 까지 전개한 안젤리카 입장에선 승리하든 패배하든 제대로 된 결말을 보길 원했다.

반면 부관 페리나를 비롯한 안젤리카의 부하들은 어떤 식으로든 카일을 쓰러뜨려야 한다는 사실 하나에만 집중했다.

"공주님의 명을 어긴 죄는 나중에 달게 받겠습니다."

"페리나!"

"지금 저희들에게 중요한 건 공주님의 안위뿐입니다!"

'맞는 말이지…….'

적의 입에서 나온 말이지만, 카일은 피식 웃으면서 긍정했다.

애초에 카일은 가장 효율적으로 싸우기 위해 안젤리카를 이 숲으로 끌고 왔을 뿐, 누가 더 뛰어난지 일대일로 겨룰 의향은 조금도 없었다.

아군이냐 적이냐를 떠나 지금 그녀의 부하들이 취한 행동은 전쟁터에선 당연한 일이며 현명한 선택이다.

"난 카일과 승부를 내겠다고 말했다! 아무리 상대가 인간이라 한들 이미 했던 말을 뒤집기엔⋯⋯."

"일대일로 말이지?"

안젤리카와 페리나의 대화에 끼어든 카일은 블랙아웃 모드에 들어설 때처럼 다시 한 번 대검을 땅바닥에 꽂아 넣었다.

"원치 않아도 그렇게 되도록 만들어주지."

말을 마친 카일의 주변에 두터운 어둠의 장막이 형성되었다. 더 깊은 어둠에 빠지는 동안 분명히 안젤리카의 부하들이 덤빌 테니 그것을 미리 대비하기 위함이었다.

"그전에 하나 물어볼 게 있어. 너희, 설마 내 동료들을 모두 죽이고 온 건 아니겠지?"

여기사들은 긍정도 부정도 하지 않고 입을 굳게 다물었다.

"죽였을지도 모른다는 의미로군."

카일은 더 깊은 어둠 속에 빠져들기 위해 그들의 침묵을 긍정이라고 일부러 받아들였다.

두 눈을 감은 카일의 어두워진 시야 속에서 피투성이가 되어 쓰러진 동료들의 모습이 떠올랐다.

그리고 여전히 그를 유혹하는 어둠 속의 목소리가 귓가에 울렸다.

「어둠 속으로 들어오지 않겠는가? 지금보다 더욱 깊게…….」

"그래, 오래간만에 한발 더 깊게 들어가 보도록 하지."

카일이 눈을 뜨는 순간, 그를 중심으로 짙은 어둠이 지면을 타고 빠르게 전개되었다.

"이, 이것은?"

카일을 포위했던 켄타우로스 여기사들은 눈 깜짝할 사이에 시야를 점령해 버린 어둠 속에 갇혀 당황하기 시작했다.

"모두 어디에 있지? 페리나! 지금 내가 보이는가?"

"아무것도 보이지 않습니다!"

"모두 조심해라! 어떤 일이 일어날지 모른다!"

공중에 떠 있던 안젤리카 역시 시야가 짙은 어둠에 완전히 침식당한 상태에서 어디로 가야 할지 방황하고 있었다.

"다시, 시작한다."

"……!"

톤이 더욱 낮아진 카일의 목소리를 듣는 순간, 안젤리카의 왼쪽 뺨을 타고 식은땀이 주르륵 흘러내렸다.

온몸에 소름이 돋으면서 이전에 단 한 번도 느껴본 적이 없었던 극심한 공포에 휘말렸다.

"공주님! 비키십시오!"

카일의 목소리가 들린 방향으로 페리나는 스피어를 힘껏 투척했지만 아무런 반응이 없었다.

"우선 하나."

어둠 속에서 뻗어나온 카일의 손이 페리나의 머리를 투구째 움켜쥐더니 높이 들어 올렸다.

"어, 언제 여기에… 으아악!"

페리나는 다급히 머리를 빼내려했지만 이미 때는 늦었다.

바람으로 보호되던 투구 안을 뚫고 들어간 그의 다섯 손가락이 피부마저 관통하더니 두개골 안까지 파고들었다.

"커… 헉……."

우드득!

투구 아래로 피가 주르륵 흘러내리더니 페리나의 두 팔과 네 다리가 힘을 잃고 아래로 축 처졌다.

"페리나! 무슨 일인가?"

그동안 아무도 보이지 않던 어두운 시야에서 안젤리카 말고 다른 이의 모습이 처음으로 드러났다.

"아… 안 돼!"

하지만 그건 그녀가 결코 원하던 장면이 아니었다. 머리가 완전히 박살 나 피투성이가 되어버린 부관의 참혹한 시체를 본 안젤리카의 입은 다물어질 줄 몰랐다.

"다음은……."

블랙아웃 모드의 두 번째 페이즈(Phase)로 돌입한 카일의 목소리가 어둠 속에서 다시 한 번 울려 퍼졌다.

5

"여섯 번째다."

어둠 속에서 튀어나온 카일의 팔이 여기사의 등을 찌르더니 가슴을 뚫고 앞으로 튀어나왔다. 그의 손에는 피로 흠뻑 젖은 심장이 쥐어져 있었다.

"공주님… 죄송… 합니다."

카일이 팔을 거두자 여기사의 몸이 비틀거리더니 옆으로 쓰러졌다.

그가 손을 움켜쥐자, 방금 전 뽑아냈던 심장이 터지면서 피가 사방으로 튀었다. 핏빛으로 물든 그의 손이 다시 어둠 속으로 사라지자 안젤리카의 눈가에 눈물이 고이기 시작했다.

"카이스린마저……."

어둠 속에서 부하들의 시체가 모습을 드러낼 때마다 안젤리카는 아랫입술을 질끈 깨물었다.

어느새 여기사들의 시체가 살아남은 이보다 더 많아졌다.

"카일! 당장 모습을 드러내라! 부하들을 물릴 테니 나와 일대일로……."

"일곱 번째로군."

이번엔 안젤리카의 등 뒤에서 카일의 목소리가 들렸다.

"아……."

네 다리가 순식간에 모조리 잘려 버린 그녀의 부하 몰렌은 몸에서 흘러나오는 피를 망연자실하게 바라보고 있었다.

그리고 그런 몰렌의 얼굴 위로 검은 그림자가 드리워졌다.

"공주님… 저는… 여기까지인가 봅니다……."

"아, 안 돼!"

안젤리카는 몰렌을 향해 손을 뻗었지만, 그보다 먼저 몰렌의 목을 움켜쥔 카일의 손이 쥐어지면서 피가 사방으로 튀었다.

그녀가 직접 데리고 다니는 10명의 여기사는 각자의 역량이 최소한 마족 백작급에 달하는 실력자였다. 그런 그녀들이 이렇게 맥없이 어둠 속에서 죽어가자 안젤리카는 고개를 푹숙였다.

"이 상태에서 죽어간 마족들이 나에게 가장 많이 했던 말이 뭔지 알아?"

그동안 그녀들의 시야를 지배했던 어둠이 서서히 걷히면서 카일의 무겁게 가라앉은 목소리가 흘러나왔다.

"악마, 였어. 웃기게도 말이지."

다시 원래대로 돌아간 숲 한가운데에 서 있는 카일의 몸은 어둠 그 자체였다. 입술을 살짝 벌리며 웃고 있는 흰 이빨만이 유일하게 다른 색이었다.

'내 부하들이… 이런 식으로…….'

안젤리카는 카일의 압도적인 힘 앞에 느껴야 했던 두려움에서 벗어나 소중한 부하들이 죽어가는 와중에 아무것도 할 수 없었던 자신에 대한 분노를 있는 그대로 받아들였다.

"명령이다! 모두 물러서라! 아니, 도망가라! 절대 저 남자에게 덤벼들지 말고, 뒤도 돌아보지 말고 이 숲에서 벗어나라!"

그녀는 오른손을 크게 휘저으며 죽지 않고 살아남은 세 명의 부하에게 무조건 퇴각을 명했다.

처음에는 주저하던 부하들은 상관의 두 눈에서 흘러내리는 눈물을 보고선 고개를 끄덕이더니 수풀 바깥쪽으로 달려가기 시작했다.

"카이이일!"

휘이잉!

안젤리카가 들고 있는 랜스를 중심으로 강렬한 바람이 휘몰아쳤다.

그녀는 원을 그리며 카일 주변을 돌며 거리를 벌이더니, 갑자기 방향을 틀어 그를 향해 돌진했다.

카앙!

카일의 대검에 튕겨나간 안젤리카의 몸이 허공에 붕 떠올랐다

검은 잔상을 남기며 안젤리카의 착지 지점으로 미리 이동한 카일은 대검을 양손으로 움켜쥐고 위로 크게 휘둘렀다.

"크윽!"

불타오르는 검은 불꽃이 아니라 어두운 색으로 덧칠된 대검 앞에 안젤리카가 내민 방패가 산산조각 나버렸다. 카일은 멈추지 않고 다음 공격을 준비하다가 돌연 대검을 거두어들이며 정면을 막았다.

안젤리카는 두 날개를 앞으로 크게 내젓더니 커다란 돌풍을 카일을 향해 날려 보냈다.

그러자 어둠의 기운으로 뒤덮인 카일의 주변에 먼지가 피어오르며 시야를 완전히 가렸다. 카일은 당황하지 않고 두 눈을 감고 안젤리카의 기운이 이동하는 방향에 따라 고개를 돌렸다.

"역시 거기뿐이겠지?"

하늘로 고개를 들어 올린 카일은 두 눈을 떴다.

"이것으로 끝이다!"

하늘 높이 솟아오른 안젤리카는 랜스를 앞으로 내밀고 대각선 아래 방향으로 돌진했다. 랜스의 끝 부분을 기점으로 날카로운 쐐기꼴 모양으로 바람이 응집되었다.

바로 그때, 지상에 있던 카일의 모습이 안젤리카의 시야에서 사라졌다. 그녀는 급하게 돌진 방향을 대각선 아래에서 위로 바꾸며 다시 솟아올랐고, 고개를 이리저리 돌리며 카일을 찾았다.

"날 찾나?"

"어, 어느새?"

안젤리카의 등 뒤에서 나타난 카일은 서로 뒤엉킨 깃털들로 형성된 두 날개를 하나씩 붙들더니 그대로 뜯어내 버렸다.

"으아악!"

안젤리카의 비명 소리가 울려 퍼지며 새하얀 깃털들이 산산이 흩어졌다. 그리고 그 깃털 사이를 뚫고 안젤리카가 지상을 향해 추락했다.

쿠웅!

나무들이 우수수 쓰러지면서 숲 위로 새떼가 높이 날아올랐다.

"으, 으윽……."

깊게 패인 땅바닥 위에 쓰러진 안젤리카는 신음 소리를 억지로 참으며 몸을 일으키려고 했지만 극심한 고통에 도로 쓰러졌다.

너덜너덜해진 갑옷 사이로 피가 흘러내렸고, 기침을 하자 붉게 물든 이빨이 튀어나왔다.

"이제 편하게 해줘야겠지?"

안젤리카는 오른쪽 무릎을 꿇은 채로 자신을 바라보고 있는 카일을 발견하고 눈을 크게 떴다. 그리고 반사적으로 머리를 옆으로 피했다.

콰앙!

"크흑!"

박살 난 투구 파편이 여기저기에 박힌 그녀의 볼 양쪽에 핏줄기가 주르륵 흘러내렸다.

어둠의 기운이 폭발하기 직전 투구에서 급하게 머리를 빼내는 데 성공하긴 했지만 시야가 마구 흔들리면서 정신을 차릴 수 없었다.

"하앗!"

그녀는 핼버드를 급히 꺼내 앞으로 휘둘렀지만, 카일에 손에 막혀 더 이상 앞으로 뻗을 수 없었다.

"내 친구들을 죽인 대가를 어떻게 치르게 해줄까?"

블랙아웃 모드의 두 번째 페이즈에 들어가기 위해 억지로 받아들인 허구를, 그는 언제부터인지 진실로 여기고 있었다.

카일이 손에 힘을 주자, 움켜쥐고 있던 핼버드의 날이 검은 불길에 휩싸여 순식간에 녹아내렸다.

"아아……."

힘이 빠진 안젤리카의 손에서 날이 사라진 핼버드가 툭 떨어졌다. 안젤리카는 아무런 저항없이 자신의 목을 향해 다가오는 카일의 손을 바라보기만 했다.

"……!"

바로 그때, 고개를 옆으로 돌린 카일이 손을 급히 뒤로 거두면서 망토로 몸을 둘렀다.

화르륵!

붉은 불꽃이 카일을 휘감으며 높이 솟아올랐다.

"오래간만이로군, 카일."

"이 목소리는… 그래, 네가 있었지."

카일은 불길에 휩싸인 채로 일어서더니 두르고 있던 망토를 크게 펼쳤다.

그의 몸에서 흘러나온 검은 불길이 붉은 불꽃을 억눌러 완전히 사라지게 하자 카일의 입술이 살짝 찡그려졌다.

"에르카이저, 아직까지 살아 있었나?"

"그런 카일 너야말로 용케도 석화에서 풀려났군."

3미터를 넘는 엄청난 거구의 데몬, 에르카이저는 부상을 입은 안젤리카를 두 손으로 안아 들어 올리고 있었다.

"여기까지 하는 게 어떤가?"

"난 너하고도 끝장을 보고 싶은데?"

"좀 더 어둠에 깊게 빠져들면 스스로의 힘으로 원래대로 돌아가기엔 무리일 텐데, 아닌가? 날 상대로 간단히 승부를 낼 수 있다고 생각하진 않겠지? 카일."

에르카이저의 충고에 카일은 대검을 강하게 움켜쥐었던 손의 힘을 살짝 풀었다.

"널 어둠에서 빠져나오게 할 빛의 용사는 아직 힘을 완전히 되찾지 못했어. 내 말이 틀린가?"

같이 전선을 헤쳐나간 동료들과 다른 의미로 카일을 잘 알고 있는 에르카이저의 입가에 미소가 자리 잡았다.

카일은 대검을 에르카이저를 향해 내밀었지만, 더 이상 시간을 끌긴 무리였다. 결국 검집 안에 대검을 집어넣고 등에 걸치자 에르카이저는 고개를 끄덕이며 공간이동 마법을 시전했다.

에르카이저가 서 있는 지면에서 거대한 육망성이 떠오르더니 붉은색 빛이 그를 감쌌다.

"오늘 못 지은 결말은 나중으로 미루도록 하지."

의미심장한 미소를 지으며 에르카이저의 몸이 붉은 불길에 휩싸였고, 불길이 꺼지면서 그와 안젤리카의 모습 역시 같이 사라졌다.

「자, 그러면 좀 더 어둠 속으로 빠져들어야지. 이 정도론 부족할 텐데?」

홀로 남게 된 카일의 머릿속에서 유혹의 목소리가 다시 시작되었다.

아래로 내린 그의 오른팔이 천천히 위로 올라가더니 손가락이 안으로 조금씩 굽혀졌다.

6

"너무 늦었나……."

몬스터들이 물러나자마자 수풀을 헤치며 계속 달려간 제럴드는 완전히 초토화된 숲 한가운데에서 카일을 발견하고 심각한 표정을 지었다.

제럴드를 뒤따라온 리에트는 폭이 넓은 팔소매 안쪽에서 플레이를 꺼내 휘두르려고 하다가 도중에 동작을 멈췄다.

"……."

이길 수 없다는 상대라는 걸 단번에 파악했음과 동시에 왜 인간인 카일에게 덤벼야 한다는 본능을 느꼈는지에 대해 리에트의 머릿속은 혼란에 빠졌다.

"페이즈 2까지 들어갈 줄이야. 이럴 줄 알았다면 혼자 놔두지 않는 건데, 제 실수입니다."

제럴드는 검은 불길이 아닌 어두운 색으로 뒤덮인 카일을 보고 어떤 상태인지 단번에 파악했다.

예전 같으면 페이즈 3에 들어갔다 하여도 페이서의 빛의 힘으로 어떻게든 원래대로 되돌릴 수 있었지만, 지금은 어떻게 될지 짐작조차 불가능했다.

"모두 죽었어. 제럴드도… 카트리나도… 페이서까지."

카일은 페이즈 2로 들어가기 위해 떠올렸던 동료들의 죽음을 읊으면서 어둠의 기운에 서서히 지배되었다.

그의 눈에 피투성이가 되어 쓰러진 동료들의 거짓된 환상만이 반복해서 나타났다 사라졌다.

"모두 죽여야 해… 내 소중한 친구들을 이렇게 만든 이들 모두……"

어둠에 휩싸인 카일의 입에서 흘러나오는 말에 뒤따라온 병사들은 겁을 집어먹고 엉덩방아를 찧었다. 그를 보는 것만으로도 온몸에 소름이 돋으면서 의지와 상관없이 이빨 사이에서 딱딱 하는 소리가 나왔다.

"이, 이런……"

뒤늦게 따라온 페이서는 카일의 상태를 보고 안색이 새파랗게 질려 버렸다.

20여 년 전, 어둠의 힘에서 헤어나지 못한 카일을 진정시키기 위해 거의 사투에 가까운 전투를 벌였던 기억이 되살아났다.

"제럴드, 지금 카일을 원래대로 되돌릴 수 있을까?"

"천만다행으로 페이즈 3은 아닌 것 같습니다. 하지만 이대로 계속 시간이 흘러간다면……."

이 자리에 있는 인간들마저 모조리 카일의 손에 죽어버리는 최악의 상황으로 이어질 수 있었다.

페이서는 입술을 꾹 다물더니 제럴드와 리에트를 뒤로 물러서게 했다.

"내가 가겠어."

"페이서 님! 위험합니다!"

제럴드의 만류에도 페이서는 한 걸음씩 카일을 향해 걸어갔다.

예전과 달리 다리가 후들후들 떨리고, 어둠에 휩싸인 카일을 정면으로 바라보는 것 자체만으로도 당장에라도 뒤돌아서 도망치고픈 본능에 사로잡혔지만 두 주먹을 꽉 움켜쥐며 가까스로 참아냈다.

"카일!"

카일은 눈앞에 있는 페이서를 보곤 목을 향해 두 손을 내밀다가 두 눈을 감았다 뜨며 어깨 위에 손을 얹었다.

"페이서……? 살아 있었어?"

"그래, 나야. 난 죽지 않았어."

"그렇구나… 그건 역시나 거짓된… 환상이었구나."

카일은 페이서의 갑옷에 잔뜩 묻어 있는 몬스터들의 피를 바라보곤 한숨을 내쉬었다. 그러자 카일의 몸을 뒤덮고 있던 어둠의 기운이 서서히 사라지더니 완전히 모습을 감추었다.

"히이익!"

도망치는 것조차 불가능할 정도의 공포가 사라지자 병사들은 부리나케 줄행랑을 쳤다. 자신을 구해주었다는 고마움 따위 완전히 그들의 머리에서 날아간 지 오래였다.

"역시 이런 반응이로군. 옛날과 하나도 다르지 않아."

어둠의 힘에 빠져들면 빠져들수록 그는 마족뿐만 아니라 인간에게도 공포의 대상이 되어버렸다. 그런 그의 곁을 떠나지 않은 이는 동료들뿐이었다.

"카일, 맞아?"

어둠의 기운이 사라진 카일에게 다가온 리에트는 연신 눈을 깜박이며 그를 살펴보았다.

"그래, 나야."

카일은 습관적으로 리에트의 머리를 향해 손을 뻗었지만, 그녀가 한 걸음 뒤로 물러서는 바람에 허공을 움켜쥐어야 했다.

"무서워?"

카일이 씁쓸하게 웃자 리에트는 조심스럽게 다가오더니 그의 얼굴에 두 손을 가져갔다. 그리고 그녀가 알고 있는 카일이 맞다는 걸 확인하고 바짝 달라붙었다.

"무섭지 않아, 지금은."

그러자 카일의 입가에 아까와는 다른 의미의 웃음이 자리 잡았다.

주변을 둘러보자 동료들을 제외하곤 텔릭만이 유일하게 남아 있었다.

"텔릭 경, 지금은 괜찮으니 그렇게 두려워하실 필요는 없습니다."

"아, 그게… 죄송합니다. 저희를 구해주셨는데 이런 반응을 보여서 면목 없습니다."

"아닙니다. 방금 전 저한텐 그런 반응을 보이는 게 되레 정상이지요. 그나저나 수송부대는 어떻게 되었습니까?"

"여러분 덕분에 원래 물자의 1/4 정도는 온존시킬 수 있었습니다. 살아남은 병사도 제법 됩니다."

"혹시 제가 제정신이 아닐 때 휘말린 병사들은 없겠죠?"

"네, 한 명도 없습니다. 제럴드 님께서 절대 숲 안으로 도망치지 말라고 몇 번이나 경고한 덕분입니다."

텔릭의 대답을 듣고 나서야 카일은 가슴을 쓸어내리며 안도했다.

어쩔 수 없이 페이즈 2까지 돌입했다 해도 인간을 죽였다면 자신은 물론 동료들에게까지 끼칠 악영향을 무시할 수 없었다.

"페이즈 2까지 들어갔으니 앞으로 일주일 정도는 블랙아웃 모드에 들어가지 못하겠지."

"이번엔 어떻게 한 겁니까?"

제럴드의 질문에 카일은 동료들의 얼굴을 한 번씩 쳐다보았다.

"너희가 모두 죽는 상상을 이끌어냈지."

"만약 저희 중 한 명이라도 죽었다면……."

"그대로 페이즈 3까지 돌입했을 거야."

카일은 옆에서 자신을 부축해 주고 있는 페이서에게 시선을 돌렸다.

7

물자를 실은 수송부대의 수레 위에 앉아 있는 카일은 정면만을 바라보고 있었다.

페이즈 2 상태의, 어둠의 기운에 휩싸인 카일을 본 병사들은 그와 시선이 마주치는 것 자체를 거부하며 일부러 멀찌감치 떨어져 이동 중이었다. 부상병들조차 그와 같은 수레에 타는 걸 거부하며 다른 수레에 누워 있는 상태였다.

"뭐야, 여기에서도 한바탕 뭔가 치렀나?"

크로이저 요새가 점점 가까워지자 몬스터들의 시체가 카일의 시야 곳곳에 자리 잡고 있었다.

인간 병사들의 시신도 드문드문 껴 있었었지만 몬스터 쪽의 시체가 훨씬 더 많았다.

"다시 한 번 싸울 필요… 는 없겠군요."

망원경으로 크로이저 요새 앞을 살펴본 제럴드는 펼쳤던 마법서를 도로 덮었다.

"아무래도 요새 쪽 병력이 승리한 것 같습니다. 성벽 위는 물론이고 성문 앞에 집결해 있는 병사들 모두 무기를 치켜들고 함성을 지르고 있더군요."

"여기까지 들리는 소리가 그거야?"

요새에 다가갈수록 카일의 귓가에 들리는 함성 소리가 커져만 갔다. 그리고 많은 이의 목소리 중 유독 한 명의 것이 선명하게 들렸다.

"마법으로 저 아가씨의 목소리만 증폭시킨 것 같은데, 맞지?"

"예전 제가 저런 식으로 페이서 님의 목소리를 모두가 들을 수 있게 했던 일이 기억납니다. 아무래도 영웅의 자리를 미리 빼앗긴 기분입니다만."

카일이 안젤리카를 상대하는 사이 수송물자에 붙은 불을 끄면서 몬스터들을 상대해야 했던 수송부대의 잔존 병력과 텔릭이 이끌고 온 병사들은 적들이 퇴각했음에도 승리의 함성을 지를 기운 따위 남아 있지 않았다.

게다가 카일이 보여준 어둠의 힘 때문에 두려움에 질린 상태이기도 했다.

"잠깐, 여기서 내려야겠어."

카일은 수레를 멈춰 세우더니 요새를 향해 걸어가기 시작했다.

요새 입구에 모여 있는 병력 한가운데엔 찬란하게 빛나고 있는 성검 글로리어를 쥐고 있는 여성이 서 있었다.

"빛의 힘이 존재하는 이상 희망은 사라지지 않습니다!"

크레아의 외침에 병사들은 일제히 함성을 터뜨리며 승리를 만끽했다.

반면 카일의 입에선 가벼운 웃음이 터져 나오며 뒤따라온 페이서를 바라보며 크레아를 가리켰다.

"페이서, 저 아가씨가 하는 말 왠지 낯설지 않다?"

"내가 저렇게 낯부끄러운 말을 했었나?"

"당시엔 저런 말 시키지 않아도 잘만 했으면서 무슨…….
그런데 아무리 봐도 저 아가씨, 그 여자와……."

"맞을 걸. 아니, 확실해."

어느새 페이서의 눈은 크레아가 쥐고 있는 성검에서 떨어지질 않았다. 페이서는 동시에 허리에 찬 평범한 자신의 검을 매만졌다.

"어, 저 사람은……."

"예전 빛의 용사였던 페이서잖아?"

페이서를 알아본 이들이 눈치를 보더니 옆으로 물러섰고, 크레아와 페이서 사이를 가로막고 있던 병사들의 벽이 사라졌다.

크레아 옆에는 마법사 쉘튼과 성당기사단장 마르코가 서 있었다. 카일은 그들의 얼굴을 한 명씩 찬찬히 뜯어보면서 팔짱을 꼈다.

승리의 함성을 연신 외치던 병사들의 입이 하나둘씩 다물어지기 시작하더니 크로이저 요새 성문 앞은 고요에 휩싸였다.

페이서와 크레아, 제럴드와 쉘튼은 각자에게 시선을 떼지 못하며 서로를 바라보았다.

특히 페이서는 한때 자신의 연인이었던, 현재는 여왕이 된 엘리제 3세를 쏙 빼닮은 크레아를 복잡한 감정이 뒤섞인 눈으로 응시했다.

과거와 현재가 정면으로 만난 지금 이 순간이 앞으로 어떻게 전개될지 병사들은 숨죽이며 기다렸다.

'언젠간 마주치게 될 거라 생각했지만, 막상 이렇게 만나니 무슨 말을 해야 할지 모르겠어.'

다분히 카일 일행을 의식해 인위적으로 결성되었을 현재의 용사 일행에게 한마디 쏘아주고 싶은 마음은 여전했지만,

이렇게 환호성을 받던 상대에게 섣부르게 말을 꺼낸다면 카일 쪽이 불리해질 가능성이 더 컸다.

"카일 님! 여기 계셨군요!"

10분 가까이 이어진 침묵을 깨뜨린 이는 병사들 사이를 제치며 카일 앞에 불쑥 나타난 텔릭이었다.

"자자, 이쪽으로 오십시오. 마족 공작을 홀로 상대하시느라 피로하실 텐데 우선 쉬셔야죠."

텔릭은 카일의 손을 붙잡고 억지로 병사들 사이로 끌고 갔다.

"공작? 마족 중에서 가장 강한 지휘관들 말하는 거 아니야?"

"아까 크레아님이 쓰러뜨린 지휘관은… 공작급이 아니었지?"

공작이라는 단어에 병사들이 웅성거리기 시작했고 크레아는 카일이 사라진 방향을 계속 쳐다보고 있었다.

인파를 헤치고 성문 안으로 들어온 카일은 자신의 오른손을 움켜쥔 텔릭의 손 위에 왼손을 얹었다.

"텔릭 경, 감사합니다."

"전 그저 여러분을 빨리 쉬게 하려고……."

"다 알고 하는 말이니 그냥 순순히 받아들이세요. 텔릭 경이 아니었다면 그 자리에서 빠져나오기 힘들었을 겁니다. 저 그렇게 눈치 없는 사람 아닙니다."

게다가 텔릭이 한 말의 파급효과는 꽤 컸는지, 성문을 지키고 있는 경비병들마저 카일을 가리키며 뭔가 수군거리는 중이었다.

"그나저나 그 공주, 진짜 빛의 힘을 지니고 있었지?"

"맞아. 나도 그렇게 느꼈어."

"네가 그렇다면 확실하겠지."

페이서의 확신에 카일은 씁쓸하면서도 안타까운 마음을 지울 수 없었다.

"그냥 돌아갈 걸 그랬어. 너에게 못할 짓 한 것 같은 기분이 들거든."

빛의 힘을 떠나, 새로운 빛의 용사로 나타난 크레아의 얼굴이 페이서의 옛 연인의 얼굴과 거의 흡사했기에 카일은 이제는 아물었을 친구의 상처를 다시 헤집어놨다는 죄책감이 들었다.

"어차피 나에겐 지나간 일이니 상관없어."

"그래도 그 공주를 바라보는 네 시선이 심상치 않아서 마음에 걸려."

"아니, 예전 감정 때문이 아니야. 그 크레아라는 공주는 그녀와 같으면서도 달랐거든. 그런데 그걸 말로 표현하기 힘들어."

페이서는 크레아를 본 순간 느낀 이질감을 결코 잊을 수 없었다.

어머니와 딸이라서 생기는 차이점과는 엄밀히 달랐지만, 그걸 설명할 수 없기에 그저 바라만 봐야 했었다.

"제럴드, 그 공주 옆에 있던 마법사 실력은 어떨 거 같아?"

"지금의 저보다 마나량 자체는 확실히 높더군요. 어차피 그 정도 역량이 아니라면 새로운 빛의 용사와 함께 다니지 못했을 겁니다."

제럴드는 지금의 자신이 쉘튼보다 뒤처진다는 사실을 거리낌 없이 인정했다.

"흐음, 그래? 난 마르코란 녀석을 좀 살펴봤는데, 역시 직접 붙어보거나 싸우는 걸 보지 않으면 모르겠더라. 뭐, 마르키아 경의 아들이라면 한 가닥 하겠지."

"그것보단 저희와 비교해 성비가 완전히 틀린 점이 눈에 들어오더군요. 스승님의 방침과 어긋나는 부분도 보이고요."

"그거야 그냥 보기만 해도 알 수 있잖아. 우리들은 3:1이었고 저쪽은 2:1이니."

"아니, 그게 아니라……."

카일의 말에 반박하려던 제럴드는 입을 다물고 멈추고 생각에 잠겼다.

'스승님은 여제자를 안 두는 걸로 소문난 분인데, 안 보던 사이에 마음이 바뀌셨나?

보통의 마법사라면 쉘튼의 몸 안에 흐르고 있는 마나가 엄청나게 강하다고 느낄 뿐, 그 이상의 것을 알아내긴 힘들다. 하지만 마나에 대한 지식이나 분석력만큼은 전성기 때 못지 않은 제럴드의 눈에는 쉘튼이 소유한 마나의 성질이 남성이 아닌 여성의 것으로 밖에 보이지 않았다.

물론 남들에게 들키지 않기 위해 쉘튼이 마나의 흐름 자체를 인위적으로 뒤틀긴 했어도 제럴드를 속이기엔 무리였다.

'뭔가 사연이 있겠지. 그 사연이 우리에게 불리할지 유리할지 판단한 뒤에 말해도 될 거 같아.'

지금 꺼낼 게 아니라 좀 더 알아본 뒤에 말해도 된다고 판단한 제럴드는 쉘튼이 있는 쪽을 넌지시 바라봤다.

"아무튼 다시 저 패거리를 만나지 않았으면 좋겠어. 적이 아니면서 아군도 아닌 부류는 상대하기 귀찮거든."

카일은 크레아 일행을 둘러싼 함성이 다시 울려 퍼지는 걸 들으며 요새 안으로 걸어갔다.

맨 끝에서 그들을 뒤따라가던 리에트는 천천히 고개를 옆으로 돌리더니 크레아가 있는 쪽을 바라보았다.

그리고 아무에게도 들리지 않게 작은 목소리로 말했다.

"낯익어……."

*　　　*　　　*

병사들의 환호를 받으며 모르드 왕국의 숙소로 들어간 크레아는 자신에게 배정된 방에 홀로 틀어박혔다.

"공작과 맞서 싸울 수 있다니, 정말 대단해."

그녀는 두 무릎 사이에 얼굴을 파묻고 침대 위에 앉아 있었다.

"그에 비해 나는……."

크레아가 쓰러뜨린 마족은 공작 아래 단계 후작에 해당하는 뱀파이어였다. 그것도 카일처럼 단독으로 상대한 게 아니라 쉘튼과 마르코의 지원을 받으며 1시간 넘게 장기전을 펼친 결과 얻은 승리였다.

그녀는 자신을 주시하던 카일의 눈빛을 잊을 수 없었다.

후작급 뱀파이어와의 혈투를 마친 뒤에도 사라지지 않은 떨림을 감추기 위해 병사들 앞에서 '예정되었던' 말을 생각 없이 쏟아내던 자신과 달리 공작을 상대하고도 마음의 동요가 전혀 느껴지지 않는 태도에 적지 않은 부담감을 느꼈다.

무엇보다 카일 옆에 있는 페이서가 자신을 바라볼 땐 심장이 멎는 줄 알았다.

지금은 옛날의 힘을 되찾지 못했지만, 20년 전에는 공작을 혼자 상대했던 그 카일을 능가하는 힘을 지녔다는 사실을 떠올리자 몸이 경직되어 아무런 말도 할 수 없었다.

"더 강해져야 해. 이대로는 안 돼. 나는… 나는 빛의 용사야. 신에게 선택받은 인간이라고!"

그녀의 목소리 톤이 확 올라가더니 눈동자의 초점이 마구 흔들렸다. 급기야는 양팔을 교차시켜 어깨를 붙들더니 부들부들 떨기 시작했다.

그때, 문이 열리면서 로브를 걸친 쉘튼이 안으로 들어왔다. 그리고 뒤따라 들어온 마르코가 눈썹 사이를 잔뜩 찡그린 표정으로 크레아를 내려다보았다.

"여전히 불안정한 부분이 남아 있군."

그는 크레아를 인간이 아닌 사물처럼 대하면서 혀를 찼다.

"쉘리나 언니……."

크레아는 쉘튼의 진짜 이름을 부르면서 그녀를 향해 손을 뻗었다.

그러자 쉘리나는 침대에 걸터앉더니 크레아의 머리를 감싸면서 가슴에 기대도록 이끌었다.

"배고파……."

"마르코 경, 괜찮겠습니까?"

쉘리나의 입에서 평소 마법으로 바뀐 남성의 목소리가 아닌, 원래 여성의 음성이 흘러나오자 마르코는 문밖으로 고개를 내밀고 복도에 아무도 없는 걸 확인했다.

"맘대로 해라. 단, 누누이 말했지만 절대 남의 눈에 띄면 안 된다."

그는 밖으로 나가더니 문을 닫았다.

쉘리나는 이런 상황을 미리 예상했다는 듯 가지고 온 가죽 주머니의 매듭을 풀었다.

"휴우, 이번이 마지막이어야 할 텐데……."

쉘리나가 가죽 주머니 안에서 꺼낸 살점 아래로 핏방울이 뚝뚝 떨어졌다. 울먹이며 그녀의 가슴에 얼굴을 기댔던 크레아가 입을 벌리더니 혓바닥으로 입술을 쓰윽 핥았다.

8

안젤리카는 2시간 전, 카일로부터 잊을 수 없는 악몽을 선사받은 숲 한가운데로 다시 돌아왔다.

그녀를 데리고 온 에르카이저는 인간들이 승리의 기쁨을 만끽하고 있는 크로이저 요새 쪽을 응시했다.

"어떤가? 흑염의 힘을 직접 겪어본 소감은?"

"강했습니다."

로베르토보다 더 험난한 신고식을 치른 안젤리카의 머릿속에선 카일의 힘을 더 이상 명확하게 표현할 단어는 존재하지 않았다.

"내가 카일을 만날 경우 무조건 후퇴해도 처벌하지 않겠다는 지침을 내린 이유를 이제 이해하겠나?"

"부끄러울 따름입니다. 그리고 저 대신 죽어간 부하들에게 고개를 들 면목이 없습니다."

"내 방식이 다소 거칠지 모르지만, 어쩔 수 없다는 점을 이해해 주길 바라네."

적을 이기기 위해선 우선 적이 얼마나 강한지 직접 체험해 보는 것 이상의 방법은 존재하지 않는다.

어둠의 후예에게 있어 현재 가장 큰 적인 '카일'이라는 이름이 지니는 공포를 우선 접하는 것만이 혈기에 넘치는 젊은 세대를 제어할 방법이라 에르카이저는 믿고 있었다.

"그리고 아까 자네가 말한 대로, 그 수치와 분노를 잊지 말도록."

에르카이저의 말에 그녀는 몬스터들이 부하들의 시체를 수습하는 모습을 바라보며 고개를 숙였다.

"그런데 다시 생각해도 참 묘해. 빛의 용사가 힘을 되찾지 못해서 우리가 목숨을 건졌으니 진정 웃긴 일 아닌가?"

만약 이전처럼 카일이 페이서를 믿고 블랙아웃 모드의 마지막 페이즈까지 돌입했다면 에르카이저는 거의 전투불능 상태가 된 안젤리카를 구하러 난입하지 않았을 것이다.

페이즈 3까지 도달한 카일과 싸워봤자, 운이 좋으면 비기고 나쁘면 공멸하는 사태로 이어지기 때문이다.

"어차피 크로이저 요새는 지금 당장 정복하기 힘든 곳이니 이쯤에서 만족해야겠고, 그 남자는… 알아서 잘하고 있겠지.".

유일하게 카일과 아직 대면시키지 않은 새로운 공작을 떠올린 에르카이저는 지금쯤 일방적인 학살이 벌어지고 있을 서쪽을 바라보았다. 그리고 매우 만족스러워하는 미소를 지었다.

"여기까지 시체가 썩어가는 냄새가 흘러오는 것 같군. 아주 좋아."

*   *   *

각지에서 수송된 물품을 모아 크로이저 요새에 보내기 위한 저장고 역할을 하던 호른성 안에 썩은 냄새가 가득했다.

크로이저 요새에 비하면 다소 떨어지지만, 각지에서 파병된 병력 중 나름 우수한 이들만 추려서 구성된 수비대의 수성 능력은 마족과의 전쟁이 재개된 이후 다섯 차례의 승리를 거둘 정도로 뛰어났다.

하지만 지금 단 한 명의 마족에 의해 성 안의 인간이 몰살당하기 직전에 이르렀다.

"이럴 순 없어……."

모르드 왕국에서 파견된 기사 크루레인은 만신창이가 된 몸으로 쓰러져 빠르게 썩어가는 부하들의 시체를 바라보기만 했다.

'그'를 향해 검 한 번 제대로 휘둘러 보지 못하고 쓰러진 이가 속출했다.

근처에 다가가기만 해도 살점이 썩으면서 녹아내리자 겁에 질린 병사들은 무기를 내던지고 도망치기 급급했다. 하지만 왼쪽 눈에서 녹색 안광을 뿜어내는 마족에 의해 도망가는 이들마저 쓰러지면서 뼈만 남게 되었다.

"넌 도대체 누구기에……."

이전 마족과의 전쟁에서도 이런 식으로 인간들을 쓰러뜨린 마족은 본 적이 없었다.

"나? 지나가던 마족이지."

한때 인간이었던 신 공작 디케이드는 호른성의 유일한 생존자인 크루에인의 얼굴을 한 손으로 붙들더니 쑥 들어 올렸다.

"오호, 모르드 왕국 소속의 인간인가?"

디케이드는 크루레인이 걸치고 있는 갑옷의 문양을 발견하고선 미소도 아닌, 그렇다고 분노도 아닌 묘한 표정을 지었다.

디케이드가 지나간 자리엔 풀 한 포기, 나무 잎사귀 하나도 남지 않고 모두 썩어 들어갔다. 그럼에도 크루레인은 남은 마나로 몸을 휘감아 끝까지 버티는 중이었다.

"케, 케트란 장군님이 살아계셨다면 이렇게 일방적으로 패배하지는 않았……."

"케트란?"

디케이드는 자신의 옛 이름을 말한 크루레인의 얼굴을 확인하려고 손의 힘을 뺐다.

"아아, 자네였군."

그는 과거 자신의 부하였던 인간을 기억해 냈지만, 마나를 완전히 소진한 크루레인의 얼굴에서 연기가 피어오르며 썩어 들어 가더니 이내 뼈만 남아버렸다.

디케이드는 왼손에 들고 있던 대검 러스티 블레이드(Rusty Blade)를 땅바닥에 내려놓더니 여송연을 입에 물고 불을 붙였다.

"케트란의 이름을 계속 불러봤자 그는 돌아오지 않아. 애초에 저승에 있지도 않으니. 안 그런가? 크루레인 부관."

그는 한때 자신의 부하였던 남자의 해골 위에 담뱃재를 툭툭 떨어뜨렸다.

Chapter 20
혼자만의 길

1

엘레힘 신성력 1326년 7월 25일.

"정말 죄송합니다."

카일은 탁자 위에 놓인 두둑한 돈주머니와 자신을 향해 허리를 숙이고 있는 관리의 태도가 영 부담스러웠다.

"계약한 날짜는 아직 한 달이나 남지 않았습니까? 그쪽 사정을 모르는 건 아니지만 이렇게 일방적으로 통보하고 나가라니, 저희는 어쩌라는 겁니까?"

"그 점은 아까도 말씀드렸지만 정말로 죄송합니다."

"죄송하다는 말만 하면 모든 일이 해결될 줄 아십니까? 이유를 알려주십시오, 이유를!"

"정말 죄송합니다."

카일의 목소리는 점점 높아졌지만 관리는 아까 했던 사과를 반복할 뿐이었다.

더 이상 떠들어봤자 소용없다는 걸 안 카일은 돈주머니를 관리가 서 있는 방향으로 쓱 밀었다.

"알았으니 내일 당장 여기를 뜨겠습니다. 단, 이 돈은 필요 없으니 가져가십쇼."

"저, 절대 부담가지지 마시길 바랍니다. 그동안 이곳에서 저희를 보호해 주신 사례 겸……."

"그 사례는 이전에 받은 돈으로 충분하니 당장 가지고 가십쇼."

자리에서 벌떡 일어난 카일은 돈주머니를 집어 들더니 관리의 손에 억지로 쥐어주었다. 그리고 열린 문을 가리키며 당장 꺼지라는 무언의 압박을 보냈다.

쾅!

관리가 나가자마자 카일은 큰 소리가 나게 문을 닫았다. 힘을 이기지 못하고 너덜너덜해진 문짝 너머로 혼비백산해 도망가는 관리의 뒷모습이 스쳐 지나갔다.

"아, 진짜 성질 죽이면서 사니 저것들이 날 아주 만만하게 보네."

"그렇다고 옛날처럼 난리칠 수도 없는 노릇이지요."

"그래, 네 말이 맞아. 휴우……."

카일은 심호흡을 하며 흥분한 머리를 천천히 가라앉혔다.

방에 있는 다른 이들 역시 열 받기는 마찬가지였지만 카일이 대신 화를 내준 덕분에 그저 씁쓸하게 웃을 따름이었다.

"제럴드, 우리가 루디엘 성에 온 지 2달 정도 되었지?"

크로이저 요새를 떠난 이후 카일 일행은 이전과 달리 가는 곳마다 오래 머무를 수 없었다.

어쩔 땐 아예 성문 앞에서 자신들을 향해 벌벌 떨면서 창을 겨누는 경비병들을 보고 물러나거나 모조리 문을 닫고 아무도 나오지 않는 유령도시를 경험해야 했다.

그렇게 이곳저곳을 떠돌다가 겨우 정착한 곳이 바로 루디엘 성이었다. 몬스터의 습격이 잦았던 루디엘 성의 영주는 직접 카일 앞에 나타나 적지 않은 보수를 약속할 테니 성의 안전을 지켜달라며 간절히 부탁했다.

카일 일행이 오기 전까지 최소 일주일에 한 번 이상 쳐들어왔던 몬스터들은 절대 이길 수 없는 상대가 루디엘 성 안에 버티고 있다는 걸 깨닫고 다른 지역으로 이동했다.

지겹게 반복되던 몬스터의 공격에서 벗어난 성의 주민들은 오래간만에 찾아온 평화를 만끽했고, 카일 일행은 경비병들의 훈련을 도와주거나 각자 수련에 전념하면서 하루하루를 보냈다.

"그래도 생각보다 오래 버틴 편 아닙니까?"

"보나마나 모르드 왕국에서 압박을 넣었겠지. 루디엘 성 입장에선 몬스터도 쳐들어오지 않고 추가 병력까지 지원받은 상황에서 귀찮은 일에 휘말리기 싫다는 계산을 했을 테고. 뭐, 그런 걸 떠나서 마음이 그리 편하진 못했어."

루디엘 성 주민들은 자신들을 구해준 카일 일행에게 그다지 호의적인 시선을 보내지 않았다. 이미 사라진 위기가 다시 찾아올까 두려워하기보다 그 위기를 없애준 카일 일행에 관한 소문에 흥미를 가지고 수군거리기만 했다.

이런 상황에서 아까 관리가 건넨 돈을 받았다면 떠나가면서 막대한 금액을 갈취했다는 소문까지 덧붙여질 게 분명했다.

"이 검의 수선도 날 잡아서 해야 하는데, 이번에도 글렀군."

카일은 벽에 기대어놓은 대검을 바라보며 뒤통수를 벅벅 긁었다.

검신 가운데에 길게 이어진 금이 언제 부러져도 이상하지 않아 보였다. 그동안 어둠의 힘에 계속 노출되었음에도 지금까지 버텨준 사실만으로도 기적에 가까웠다.

"그 검, 용병단에 적을 두던 시절부터 쓰던 물건 아닙니까?"

"맞아. 어느 유적인지 기억이 가물가물한데 의뢰를 받고 탐사하다가 우연히 얻은 물건이지. 처음엔 몰랐는데 진짜 좋은 검이었어. 문제는 사람의 손을 너무 가려. 사용하는 사람은 물론이거니와 자기를 고쳐줄 대장장이마저. 이 성에서 가장 실력 있는 사람에게 맡겨봤는데 자신 없다며 혀를 내두르더라."

20여 년 전, 그 까탈스러운 대검을 아무렇지 않게 손봐주던 대장장이의 얼굴이 카일의 기억 속에서 되살아났다.

"아무튼 아르고스 경의 답신을 받기 전까진 어떻게든 한곳에 머물러 있어야 하는데, 정말 곤란해."

카일 일행의 지원자가 되어주겠다는 아르고스에게 연락을 받기 위해선 한곳에 가급적 오래 머물 필요가 있다. 계속 떠돌아다닌다면 아르고스 측에서 연락을 하려해도 서로 엇갈릴 가능성이 높기 때문이다.

"그럴 필요는 없습니다."

제럴드는 품에서 편지봉투를 꺼내 인장이 찍힌 부분이 보이도록 카일의 얼굴 앞에 내밀었다.

"아르고스 경으로부터의 답변이 나흘 전에 왔습니다. 이제야 상황이 정리되었다면서 가급적 빨리 보르니아 왕국으로 와달라는 내용이었습니다."

"그러면 진작 알려주지 그랬어? 화낼 필요도 없었잖아."

"다른 일로 요 며칠 사이 고민이 많아서 말하기 힘들었죠."

제럴드는 그답지 않게 뭔가 망설이는 기색이 역력했다.

그는 맞은편에 말없이 앉아 있는 페이서와 서로 고개를 끄덕이며 다시 한 번 어제 내린 결정을 확인했다.

"당분간 저희는 당신과 떨어져서 행동하려고 합니다."

2

카일은 왼손으로 이마를 짚더니 고개를 숙였다.

왜 제럴드의 입에서 자신만 빼고 떨어져 움직이겠다는 이야기가 나왔는지 곰곰이 생각했다.

카일이 석화에 깨어난 이후의 일들이 머릿속에서 순서대로 떠올랐다 사라졌다. 그럼에도 왜 저런 말이 나왔는지 짐작조차 힘들었다.

"왜 따로 움직이려는 거지?"

"그동안 저희는 잃어버린 힘을 되찾기 위해 당신의 보호 아래 있었습니다. 덕분에 아직 만족할 수준은 아니지만 조금씩 위로 올라가고 있는 중이죠."

카일이 배제된 '저희'란 표현이 왠지 모르게 그의 가슴을 쓰라리게 만들었다.

"하지만 당신의 보호를 필요로 하는 현 상황이 독으로 작용하고 있습니다. 바로 카일, 당신에게 말이죠."

"나에게?"

"저희야 이미 바닥까지 내려간 상태에서 올라가는 중이니 상관없지만, 당신은 더 이상 위로 올라가지 못하는 상황입니다. 제 말이 틀립니까?"

제럴드의 지적에 카일은 시선을 딴 곳으로 돌리더니 뒤통수를 긁었다.

"역시 넌 날카롭구나."

"공작급 마족을 둘이나 상대한 당신이라면 확실히 느꼈을 겁니다. 마족들의 실력이 옛날보다 확실히 올라갔다는 사실 말입니다. 당신이 블랙아웃 모드로 상대했음에도."

웨어울프 공작 로베르토와 켄타우로스 공작 안젤리카와의 대결에서 카일은 결국 제대로 된 승부를 내지 못하고 그들이 물러서는 걸 지켜봐야 했다.

"블랙아웃 모드는 명백한 단점이 존재하는 기술입니다. 이제까진 당신의 의지로 원래대로 돌아가긴 했지만, 어디까지나 운이 좋았다는 점을 부정할 수는 없지요. 당신 역시 어둠에 지배되지 않은 상태에서 강해질 필요성을 느끼고 있었을 겁니다."

"……."

"이젠 카일, 당신이 강해져야 할 때입니다. 블랙아웃 모드에 의지하지 않은 상태에서 말입니다. 하지만 지금처럼 약한 저희와 함께한다면 앞으로도 계속 블랙아웃 모드에 빠져들 가능성이 높을 겁니다."

하지만 카일 입장에선 아직 예전의 힘을 완전히 되찾지 못한 동료들을 자신의 시야가 닿는 곳에 놔두고 싶었다. 그렇기에 제럴드의 말에 수긍하면서도 불안한 마음을 떨쳐낼 수 없었다.

"예전에는 함께 밑바닥부터 서서히 같이 성장했죠. 하지만 지금은 다릅니다. 서로 격이 다른 이상, 당신의 발목을 잡는 일은 피해야겠죠."

"맞는 말이긴 한데, 그래도 너희를 그냥 놔두기엔……."

"그동안 당신과 함께 다니면서, 저도 모르게 '카일'이라는 안전한 울타리 안에서 쉬고 있다는 느낌을 받았습니다. 아니, 느낌이 아니라 실제로 그 어떤 위기가 닥치더라도 카일, 당신의 힘이 대신 해결해 줄 거라며 부담을 떠넘겼습니다."

인간이 가장 큰 성장을 이루는 때는 넘기 힘든 벽과 마주쳤을 경우다.

제럴드는 압도적으로 강한 카일의 힘에 의지하지 않고 스스로 벽을 넘어서겠다는 의지를 말에 담았다.

"요 며칠간 페이서와 밤새도록 이야기한 뒤에 결정한 겁니다."

"카일, 난 제럴드처럼 조리 있게 말할 자신이 없어서 뭐라 표현해야 할지 모르겠지만……."

페이서의 말을 카일은 손을 내밀어 도중에 끊었다.

"무슨 의미인지 알겠어. 제럴드가 나흘이나 고민할 정도면 얼마나 고심했는지도 짐작가고."

카일 입장에서 제럴드와 페이서의 결심을 지금 와서 되돌릴 이유는 없었다.

"리에트, 넌?"

"모르겠어."

그들과 다른 입장인 리에트는 무표정한 얼굴로 카일을 바라보았다.

"그러면 제럴드와 페이서를 따라가도록 해. 나 없이 강해지기 위해 떨어지는 거지만, 아무래도 너의 도움은 필요하다고 보거든."

"응, 알았어."

리에트는 카일의 말에 수긍하며 고개를 끄덕였다.

사실상 이야기가 끝났지만 방 안의 누구도 밖으로 나가지 않고 자리를 지켰다. 뭔가 무거운 분위기가 자리에서 일어나지 못하도록 어깨를 짓누르고 있었다.

"흐음, 앞으로 혼자 다닌다면… 아무래도 내 성격상 옆에 누군가 제지하는 사람이 없으면 폭주할 거 같아."

"그러면 꼭 필요할 때를 제외하고 정체를 숨기고 다니십시오. 자연스레 스스로를 제어하게 될 겁니다."

"아, 그렇지. 로브라도 하나 새로 사야겠어. 변장도 해야겠고."

그러자 리에트가 갑자기 자리에서 일어나더니 문을 열고 밖으로 나갔다. 그리고 얼마 후 종종걸음으로 달려온 그녀의 손에 뭔가가 쥐어져 있었다.

"이건……."

리에트는 날이 추울 때 항상 걸치고 다니던 로브를 꺼내 직접 카일의 몸에 입혀주었다.

'어, 입던 거라 땀 냄새가 진동할 줄 알았는데 그렇지도 않군.'

반대로 은은한 향이 돌자 카일의 입가에 미소가 자리 잡았다.

"나중에, 돌려줘."

카일은 리에트의 말에 고개를 끄덕이며 그녀의 머리를 천천히 쓰다듬었다.

"꼭."

반드시 살아서 만나자는 의미가 담인 말에 카일은 두 눈을 지그시 감으며 다시 한 번 고개를 끄덕거렸다.

*　　　*　　　*

그날 자정, 카일은 어두운 밤을 틈타 루디엘 성을 홀로 빠져나갔다.

리에트에게 받은 로브를 걸치고 말에 올라탄 카일은 멀어져 가는 루디엘 성에 시선을 떼지 못했다.

'20년 만에 만났는데 결국 다시 이런 식으로 헤어지게 되는군.'

어둠의 힘에 지배되지 않은 상태에서 강해져야 한다는 생각 자체는 루디엘 성에 오기 전에도 여러 차례 했지만, 그걸 위해 독립적으로 움직이겠다고 먼저 말할 수는 없었다.

카일이 먼저 그 말을 꺼냈다면 동료들을 버리는 이미지를 주었을지도 모른다. 하지만 그들 입에서 먼저 나왔다는 건, 카일의 보호에서 벗어나 더 험난한 길을 걷겠다는 의지의 표출로 뒤바뀐다.

'녀석들이 오죽하면 먼저 그 말을 꺼냈을까… 옛날에도 그랬지만 역시 난 누군갈 이끄는 타입은 아니야.'

그동안 친구들에게 보이지 않는 부담감을 줬다는 사실에 고삐를 잡아당기며 말을 멈췄다.

한동안 루디엘 성을 계속 바라보던 카일은 다시 말을 출발시켰다.

힘든 결심을 한 동료들을 위해서라도 그는 새로운 방법으로 강해지는 길을 가야 했으니까.

'우선 이 대검부터 어떻게 해봐야겠어. 예전 그 대장간이 아직도 있으면 좋겠건만……'

빠른 속도로 달려가는 말 위에서 카일은 벗겨진 후드를 도로 붙잡아 깊게 눌러썼다.

3

엘레힘 신성력 1326년 8월 12일.

"이것 참……."

카일은 자신을 둘러싼 어린아이들을 바라보며 난감한 표정을 지었다.

땟국물이 줄줄 흐르는 옷을 걸친 아이들은 상처투성이인 양손을 내밀며 구걸을 멈추지 않았다.

최대한 불쌍한 표정을 지으며 다가오는 아이들을 보자 카일은 과거 이런 식으로 구걸을 했던 과거의 자신을 떠올렸다.

그리고 이 구걸 뒤에 무슨 일이 있을지도 자연스레 추측되었다.

"아야야야!"

카일의 로브 안쪽에 슬그머니 손을 뻗은 아이의 얼굴이 고통으로 일그러졌다.

"너희 수법은 잘 아니까 물러서. 말로 할 때."

팔이 꺾인 아이의 눈에 눈물이 후두둑 떨어지자 다른 아이들은 카일이 만만찮다는 걸 단번에 파악하고 물러섰다.

아이의 팔을 놔준 카일은 동전 몇 개를 꺼내 뒤로 휙 던졌다. 그러자 아이들이 땅바닥에 떨어진 동전을 주우러 우르르 몰려갔고, 그사이 카일은 골목길을 빠져나와 큰 거리로 나왔다.

"저 녀석들, 저걸로 오늘 하루는 어떻게 버티겠지."

동전을 집어 들고 기뻐 날뛰는 애들을 보자 그의 어릴 적 희미하게 남아 있던 뒷골목 시절의 기억이 생생하게 되살아났다.

"그나저나 여긴 20년 전이나 지금이나 똑같군. 변한 게 없어."

빈민가와 유흥가가 뒤섞여 공존하는 곳, 자신의 실력을 알아봐 주길 원하는 떠돌이 용병들과 일확천금을 노리는 트레저헌터들이 모여드는 타일론드 성의 이미지는 그가 봉인되기 이전이나 지금이나 별 차이 없었다.

몬스터 고기를 판다는 간판을 떡하니 달아놓은 상점을 보자 카일은 마치 1년 전으로 되돌아간 기분을 받았다.

물론 실제론 20년이 넘는 시간이 흘러갔지만.

이른 대낮임에도 술집엔 사람들로 북적거렸고, 커다란 검을 등에 차고 활보하는 용병들을 어렵지 않게 발견할 수 있었다. 빵 조각을 입에 물고 도망치는 아이들과, 그 뒤를 쫓아가는 상점 주인의 모습도 낯설지 않았다.

"이 골목에서 왼쪽으로 가서, 그리고 오른쪽으로 돌아가면……."

비좁은 골목을 빠져나오자 큼지막한 간판이 줄지어 달린 대장간 거리가 모습을 드러냈다.

모루 위에 놓인 쇠를 망치질하는 소리가 좌우에서 번갈아가며 들려왔고, 물건 값을 흥정하는 용병과 대장간 주인 간의 실랑이가 한창 진행 중이었다.

카일은 대장간 거리 안쪽까지 계속 걸어가더니 간판도 없는 허름한 대장간 앞에 멈춰 섰다.

'여기가 맞은 것 같긴 한데……'

간판 대신 문 옆에 걸어놓은 망치에 손가락을 가져가자 먼지가 잔뜩 묻어 나왔다. 이 대장간의 주인 성격을 감안한다면 있을 수 없는 일이었다.

어두컴컴한 대장간 안엔 한 남자가 의자에 앉아 깊게 한숨을 내쉬고 있었다. 그는 고개를 살짝 들어 카일을 보곤 축 내린 양손을 펼쳐 보였다.

"이번엔 뭘 가져갈 작정입니까?"

"응? 뭘 가져가다니?"

카일은 남자 앞으로 다가가더니 자세를 낮추고 얼굴을 살펴봤다. 그가 알고 있는 대장장이와 얼굴은 비슷했지만, 지금쯤 40대 중반이어야 할 대장장이가 20대 초반의 외모일 리 없었다.

"크레익이··· 아니네?"

"아버지를 아십니까?"

"아들입니까?"

서로 대답이 아닌 질문만 이어지자 양쪽 모두 멍하니 상대를 바라만 봤다.

카일의 얼굴은 붕대로 칭칭 감겨 누군지 알아볼 수 없는 상태여서 엄청나게 수상한 분위기를 풍기고 있었다. 그런 까닭에 청년은 먼저 말을 꺼내지 않고 카일이 먼저 말하기를 기다렸다.

"확실히 크레익과 얼굴이 닮긴 했군요. 오래간만에 수선 좀 맡기러 왔는데, 크레익은 어디 있죠?"

"아버지는 10년 전에 돌아가셨습니다. 전 아들 크리드라고 합니다."

"이런······."

마음 놓고 무기를 맡겼던 크레익이 죽었다는 이야기에 카일은 망연자실했다.

대장간을 그의 아들 크리드가 지키고 있는 걸 보아 가업을 이어받았다는 느낌이 들었지만, 꼭 아들이 아버지의 실력을 이어받는다는 보장은 없다.

"아버지의 친구 분이십니까?"

"뭐, 예전에 종종 만나긴 했죠."

"날씨가 제법 더운데 후드라도 벗으시죠."

"남들에게 보여줄 얼굴이 아니라서요."

카일은 붕대 안쪽을 살짝 잡아당겨 불에 타 엉겨 붙은 가짜 피부를 보여주었다. 정체를 숨기려면 확실히 분장해야 한다며 제럴드가 준 선물이기도 했다.

아무리 봐도 크리드의 눈에 카일은 수상하기 짝이 없었다.

그러나 이제껏 그를 괴롭혔던 이들과 분위기 자체가 달랐고, 어디선가 본 듯한 느낌이 들었기에 크리드는 의자 하나를 더 가지고 와 카일에게 앉으라고 권했다.

"그렇다면 편하게 말 놓으십시오. 그런데 어떤 걸 맡기시려고 온 겁니까? 무기 수선이라면 여기 말고 다른 대장간이 넘쳐날 텐데요."

"네 아버지 말곤 내 무기를 고쳐준 사람이 하나도 없었거든."

"그래도 다른 곳을 알아보시는 게 나을 겁니다."

찾아온 손님에게 호객행위는커녕 다른 곳을 찾아보라고 돌려 말하는 태도가 뭔가 숨기고 있음이 분명했다.

카일은 불이 꺼진 화로 앞으로 다가가 모루 위에 손가락을 휙 그어봤다.

먼지가 잔뜩 묻어 나온 손가락을 본 카일은 고개를 돌려 다른 곳도 살펴봤지만 대장장이 일 자체를 한동안 안했다는 증거가 여기저기서 발견되었다.

'그냥 대장간을 물려받기만 했나? 그런 것치곤 몸 자체가 노동으로 단련된 느낌인데……'

크리드의 짧은 팔소매 아래로 드러난 팔의 근육은 상당 기간 대장장이짓을 하지 않으면 생길 수 없었다.

"무슨 사정이 있는지 모르겠지만, 대장간 일은 계속하고 있는 거지?"

카일은 등에 걸쳐 멘 대검을 검집에서 뽑아 모루 위에 올려 놓았다.

"그거 검이었습니까?"

"역시 너무 크지?"

"잠깐만요. 이 검……!"

기운이 빠져 축 처져 있던 크리드는 대검의 손잡이에 작게 새겨져 있는 글자를 보더니 깜짝 놀라며 얼굴을 바짝 가져갔다.

"이, 이건 아버지가 손봤던 물건이 확실하군요!"

"아까 말했잖아?"

생기를 되찾은 크리드의 눈동자가 반짝거리더니 고개를 이리저리 돌리며 카일의 대검을 여러 각도에서 관찰했다.

"혹시 당신은 비운의……."

크리드가 카일의 이름을 말하려는 순간, 카일은 일자로 세운 오른손 검지를 입술에 가져갔다.

"내가 이런 모습으로 나타난 이유를 모르겠어?"

"아, 그… 그렇겠군요."

"이름대신 그냥 아저씨라고 불러. 그렇게 불리기엔 아직 젊지만 제대로 시간이 흘렀다면 네 아버지와 동년배였을 테니까. 그리고 미리 말해두는데, 나중에라도 내 이름 부르더라도 절대 그 수식어는 붙이지 말아줘. 알겠지?"

나름 신경 써서 변장했음에도 단번에 정체를 들키자 후드에 가려진 카일의 얼굴이 살짝 일그러졌다.

"그런데 이 대검만 보면 누구든지 내가 누구인지 알아볼 수 있는 건 아니겠지?"

"아, 그건 아버지 특유의 버릇 때문에 알아챈 겁니다. 여기 보이시죠? 아버진 자기가 직접 만들거나 손본 무기엔 이렇게 표시를 해뒀거든요. 그것도 각자 다른 모양으로요."

크리드는 마치 사랑에 빠진 것마냥 대검에서 눈을 떼지 못했다.

"너, 말 잘하네."

"네? 저 원래 말 잘하는데요?"

"그런 녀석이 아깐 내가 안으로 들어오자마자 한숨을 푹 내쉬면서 다 필요 없으니 혼자 있고 싶다는 티를 팍팍 냈잖아?"

크리드는 다시 어깨를 축 늘어뜨리더니 고개를 떨궜다.

"그게 말입니다, 고약한 녀석에게 걸려서……. 아니, 원래는 괜찮은 놈이었는데……."

"고약한 녀석? 괜찮은 놈?"

바로 그때 대장간 안으로 세 명의 남자가 들어왔다.

"오호라, 여기 영업 다시 시작했냐?"

그들은 비아냥거리는 말투로 대장간 안을 둘러보았다.

"오래간만에 일거리 들어왔으니 이자의 이자를 갚으셔야지?"

세 명 중 왼쪽 뺨에 큰 흉터를 지닌 남자가 크리드의 어깨에 손을 턱하니 올리면서 비열한 미소를 지었다.

"그게 아직, 돈이 마련되지 못해서……."

"그러면 현물로 갚아도 돼. 뭐가 좋을까나?"

그는 얼굴의 흉터를 만지작거리며 대장간 안을 걸어가더

니 모루 위에 놓인 대검을 발견하고 손을 뻗었다.

"그래, 이게 좋겠어."

그런 그의 팔을 카일의 손이 덥석 움켜쥐었다.

"크리드, 이놈들 손 좀 봐줘도 돼?"

순간 세 명의 얼굴이 험악하게 변하더니 카일을 둘러쌌다.

"너, 못 보던 얼굴이로군. 우리가 누군지 모르지?"

"괜히 남의 일에 쓸데없이 끼어들다가 피 보지 말고 그냥 물러가는 게 좋을 걸."

"제이크 상회를 물로 보지 말라고!"

그들은 손으로 카일의 머리를 툭툭 건드리며 웃기 시작했다.

'미안, 제럴드. 난 아무래도 자제하곤 거리가 먼 것 같아.'

카일은 자리에서 벌떡 일어서더니 대장간 입구로 걸어갔다. 그리고 손을 까닥거리며 세 남자에게 나오라고 지시했다.

"이것 참, 오래간만에 주먹 좀 써야 하나?"

"크리드, 이놈 처리한 뒤에 우리들과 면담 좀 해야겠다. 기다려."

그들은 팔을 빙빙 돌리며 카일을 따라 대장간 밖으로 나갔다.

퍽! 퍽! 퍽!

그리고 경쾌한 타격음이 들리더니 대장간 안으로 카일이

도로 들어왔다. 그의 양손에는 한 방에 뻗어버린 두 남자의 머리가 붙들려 있었다.

'이 팔찌, 제럴드가 말한 대로 잘 작동하네?'

카일은 그의 상징이나 마찬가지인 흑염의 기운이 발동하지 않도록 마나를 억제하는 팔찌를 살펴보며 살짝 미소를 지었다. 실력 있는 자들을 체포할 때 사용하는 마법장비로, 카일 스스로의 의지로 풀 수 있다는 점만 달랐다.

다시 밖으로 나간 카일은 나머지 한 명을 어깨에 짊어지고 들어오더니 바닥에 툭 내려놓았다.

"크리드, 물 한 동이만 퍼다 줘."

"네, 넵!"

크리드가 물이 가득 담긴 나무통을 들고 오자, 그걸 건네받은 카일은 완전히 뻗어버린 세 명 중 얼굴에 흉터가 난 남자에게 물을 끼얹었다.

좌악!

"쿠, 쿨럭!"

"정신 차렸냐?"

카일은 코로 물을 먹어 정신을 못 차리는 남자의 멱살을 붙잡아 억지로 일으켜 세웠다.

"당장 너희 두목에게 이곳으로 오라고 전해. 빚이 얼마인지 모르겠지만 갚아주겠다고. 만약 안 오면 내가 쳐들어간다는 말도 덧붙이면 좋겠어."

"아, 알겠습니다!"

물에 빠진 생쥐 꼴이 된 사내는 연신 고개를 끄덕였다.

그리고 카일이 멱살을 놓아주자 부리나케 대장간 밖을 빠져나가 달리기 시작했다.

"저, 아저씨……."

크리드는 기절해 버린 두 불한당의 얼굴을 번갈아가며 쳐다보더니 카일에게 조심스럽게 말을 꺼냈다.

"괜찮겠어요?"

"뭐가?"

"이놈들, 분명히 패거리를 더 데리고 올 거예요."

"너, 내가 누군지 알면서 그런 말을 하는 거냐?"

"정체 밝혀지면 안 된다면서요?"

크리드는 불안한 기색을 지우지 못하고 쓰러져 있는 남자들을 손가락으로 쿡쿡 찔러봤다.

다행히 기절해 있는 남자들은 아무런 반응도 보이지 않았다.

"어차피 이 정도 싸울 줄 아는 인간이 한둘도 아닐 텐데 꼭 나라고 확신할 수 있겠어? 그리고 아까 그놈들, 제이크 상회라고 했지?"

"네."

불한당 세 명을 패고 난 뒤에 카일은 그들이 속한 집단 앞에 붙여진 이름이 누구인지 기억해 냈다.

"그쪽과는 예전에 몇 번 접촉한 적이 있었어. 잘하면 더 이상 이런 놈들 더 패지 않고도 이야기가 잘 풀릴 거야. 그것보다 이 대검 고치는 데 시간은 얼마나 걸리냐?"

4

카일에게 얻어맞고 쓰러진 남자들은 여전히 대장간의 차디찬 바닥에 쓰러져 있었다.

"그러니까, 아무리 짧게 잡아도 한 달은 걸린단 말이지?"

"검신에 길게 이어진 금 자체는 일주일 정도면 충분하지만, 근본적인 해결책은 되지 못해요. 여기 써진 글 보이시죠? 아버지도 그걸 고려했는지 검 자체를 새롭게 개조할 방안을 고안해 놓으셨어요."

"역시 크레익이야. 검 하나만큼은 기똥차게 만들고 고치던 놈이었지."

크리드는 아버지 크레익이 남겨놓은 두루마리를 탁자 위에 펼쳐 놓고 카일에게 상세하게 설명하는 데 열중했다.

"다행히 비밀창고에 저장해 놓은 재료들만으로도 어찌어찌 해결될 거 같아요."

"시간은 더 못 줄이고?"

"하루 종일 이 대검만 붙잡고 있다고 해결되는 문제가 아니에요. 매일 네 시간 정도 수리하고 그 다음 날 똑같은 식으로 고치고 개조해야 이전보다 훨씬 더 오래 버틸 수 있지요."

"한 달이라, 흐음……. 뭐, 그동안 혼자 수련이나 해야겠군."

카일은 두루마리를 보느라 웅크리고 있던 몸을 뒤로 젖히면서 기지개를 폈다.

"그러고 보니 여기에 와본 지도 20년 만인데 오자마자 주먹질부터 해버렸군. 옛 추억을 떠올리기도 전에 말이야."

페이서와 제럴드, 그리고 카트리나와 자신을 포함한 각자 다른 타입의 네 남녀를 자연스럽게 대하던 크레익의 얼굴이 카일의 눈앞에 아른거렸다.

암흑의 화신 제이블란트와의 최종 결전을 앞두고 네 명이 이곳을 마지막으로 찾았을 당시 크레익은 성검 레디언스를 유심히 살펴보곤 뭔가 말하려다가 관둔 적이 있었다.

한참 동안 입을 굳게 닫고 고심하던 그가 조심스레 꺼낸 말은 '이 성검으로 제이블란트를 봉인하더라도 모두가 행복해질 수 있을까?' 였다.

세상이 평화로워진다고 해서 모두 이전보다 나은 삶을 살진 않을 거라는 것 정도는 이미 알고 있었지만, 다수의 행복

속에서 불행이라는 소수에 선택된 자들이 하필이면 자신의 동료일 줄은 카일도 예상하진 못했다.

'그런데 지금 생각해 보니 뭔가 이상해. 그렇게 뻔한 진실을 왜 그런 자리에서 나와 동료들에게 말했을까?'

그 이야기를 들을 당시엔 가볍게 흘려 넘겼지만, 지금 돌이켜보니 숨겨진 의미를 담고 있다는 기분을 떨쳐낼 수 없었다.

크리드에게 물어볼까 생각도 해봤지만, 역시 크레익 본인에게 물어보지 않는 이상 아무런 의미가 없다고 여기고 체념했다.

"그런데 정말로 괜찮을까요? 아까 괜찮다고 말하셨지만 아무래도……."

신나게 검을 고칠 계획을 짜던 크리드는 아직도 바닥에 쓰러져 있는 사내들을 바라보며 불안을 떨쳐내질 못했다.

"제이크라면 말이 안 통할 상대는 아니야. 그런 놈이 왜 아직까지 이런 짓을 하고 있는지는 단단히 따져봐야겠지만. 내가 봉인되어 있던 동안 날 만나기 전으로 돌아갔다면 몸 좀 더 풀일 생기는 거고. 걱정할 시간 있으면 어떻게 하면 수리 일정을 줄일 수 있는지에 대해서나 고안 좀 해봐. 진짜 한 달 꼭 채워야 해?"

"아버지라면 더 빨리 끝냈겠지만, 제 실력으론 그나마 최대한 줄일 수 있는 기간이 한 달이에요."

그렇게 두 남자가 대검의 수리 일정에 대해 이야기하는 사이, 대장간 거리가 북적거리기 시작했다. 20대 초반으로 보이는 남자가 수십여 명의 동년배를 이끌고 기세등등하게 대로 한가운데를 걸어갔다. 그리고 크리드의 대장간 앞에서 멈춰 섰다.

"네놈이 내 부하들을 겁 없이 건드린 놈이냐?"

등 뒤에서 들린 고함에 카일은 자리에서 일어났다.

그리고 목소리의 주인공을 확인한 순간 카일은 생각보다 한참 어린 청년을 앞에 두고 고개를 갸웃거렸다.

봉인되기 전 마지막으로 만났을 때 카일보다 10살 정도 많은 30대 중반이었으니, 지금쯤 50대 중반의 장년이어야 했다.

"제이크가 아니잖아?"

"내가 제이크다!"

카일 옆으로 다가온 크리드는 제이크라 밝힌 청년에게 들리지 않도록 귓속말을 건넸다.

"아, 저 녀석 제이크 주니어에요. 아저씨가 알고 있던 제이크는 아마도 제이크 시니어 쪽 같은데요?"

"그런 것 같군. 그런데 그 제이크 시니어 죽진 않았겠지?"

"요즘 대외활동을 잘 안 할 뿐이지 쌩쌩하게 살아 있어요."

"오라는 시니어는 안 오고 주니어라니, 일이 꼬이는 건 딱 질색인데."

카일은 로브 안쪽으로 손을 집어넣더니 제럴드가 건네줬던 보석주머니를 꺼냈다.

"갚으라는 빚은 안 갚고 이런 식으로 우리 애들을 대하면 곤란하지. 안 그래?"

제이크 시니어의 아들, 제이크 주니어는 턱을 살짝 들어 올리더니 내려다보는 시선으로 카일을 응시했다.

"그러면 우선 빚부터 갚으면 되잖아?"

카일은 주머니를 묶은 끈을 풀더니 엄지만 한 보석 하나를 집어 들었다. 옆에 있던 크리드는 물론 제이크 주니어의 눈이 크게 떠졌다.

"이 정도면 충분하다고 생각하지 않아?"

카일에게 보석을 건네받은 제이크 주니어는 표면에 반사되는 빛을 보며 침을 꿀꺽 삼켰다. 이것 하나만 받고 만족할까, 아니면 한 번 더 수작을 부려볼까 고민하기 시작했다.

"그런데 어쩌나? 원금과 이자까지 모두 갚으려면 이런 보석 하나로는 부족해."

결국 그는 후자를 택했고, 카일은 그럴 줄 알았다며 눈썹 사이를 살짝 찡그렸다. 물론 이에 대한 대처 정도는 미리 생각해두고 있었다.

"그렇다면 지금 당장 제대로 된 감정사를 불러와 구체적으로 얼마나 하는지 확인해 보자고. 그리고 빚을 청산하려면 정확하게 얼마를 빌렸고 그동안 이자가 얼마나 붙었는지 계산부터 해야지. 차용증부터 내놔봐."

카일이 오른손을 내밀자 당황하는 쪽은 제이크 주니어였다.

제이크 주니어의 부하들이 급하게 들고 온 차용증을 카일이 몇 번에 걸쳐 처음부터 끝까지 읽어 내려가더니 혀를 찼다.

"이런 식으로 이자를 붙이면 계산이 복잡해질 수밖에 없잖아. 크리드, 종이와 펜 좀 줘봐."

딱 봐도 머리보단 몸 쓰는 데에 특화된 분위기를 풍기면서 빠른 손놀림으로 종이 위에 계산을 척척 해내는 카일을 보고 주변에 몰려든 이들은 할 말을 잃었다.

'제럴드에게 진짜 싫은 소리 들어가면서 배운 보람이 있어. 역시 그 녀석 충고는 들어서 절대 손해 안 본다니까?'

거친 세상을 자신의 힘을 믿고 살아가던 카일에게 제럴드가 가르쳐 준 건 어설프게 독소조항이 들어간 계약서에 덜미를 잡히지 않도록 글을 읽고 쓰는 법과, 빚을 졌을 경우 어떻게 이자가 늘어나는지 알 수 있는 계산법이었다.

이미 한 번 계산을 마친 카일은 혹시라도 있을지 모르는 실수를 잡아내기 위해 처음부터 다시 계산을 시작했다. 그리고 종이에 큼지막하게 갚아야 하는 금액을 적어 제이크 주니어

앞에 내밀었다.

"이 정도 금액이라면 아까 건넨 보석 하나만으로도 충분히 갚고도 남는데?"

"내 부하들 치료비가 좀 비싸서 말이지. 그걸 더하면 역시 보석 하나는 더 필요해."

"아까 내가 분명히 빚부터 갚겠다고 말했는데 이런 식으로 나오면 곤란해. 굳이 그것까지 더할 작정이라면… 좋아. 아까 내가 손봐준 놈들 데리고 성당으로 가보자고. 사제가 정확한 치료비용을 요구할 테니까."

정확한 계산을 요구하는 카일의 말에 그동안 상회의 힘만 믿고 무작정 상대를 윽박지르기만 했던 제이크 주니어의 눈빛에 당황한 기색이 역력했다.

"왜 망설여? 계산이 확실해야 서로 뒷말 없이 좋게 끝나는 거 아니었어?"

"마음의 상처는 쉽게 치유 안 되지. 그것까지 추가해야……."

"그래?"

카일은 자리에서 벌떡 일어서더니 왼손바닥으로 오른손 주먹을 매만지기 시작했다.

"정 원한다면 그 마음의 상처는 내 방식대로 치료해 주도록 하지."

손가락 마디에서 우두둑하는 소리가 나오자 제이크 상회의 일원들은 슬그머니 뒤로 물러섰다.

그들을 이끌고 온 제이크 주니어는 태연한 표정으로 팔짱을 끼고 제자리를 지켰지만, 팔 근육 아래 감춰진 오른손 검지가 미세하게 떨고 있었다.

"이 정도 되는 집단을 이끄는 인간이라면 웬만한 협박만으로도 꼬리를 내리는 호구하고, 한번 잘못 물리면 된통 피 보게 만드는 상대 정도는 구별할 줄 알 거 아냐?"

물론 제이크 주니어가 쓸데없이 고집을 부리는 이유 정도는 쉽게 파악되었다.

부하들을 대거 이끌고 왔는데 실력 행사 한 번 해보지도 못하고 말로 물러서면 체면이 안 설 테니까.

그것과 별계로 가해자와 피해자 모두 안면 있는 사람들의 자식이기에 웬만하면 피를 보지 않는 선에서 끝내고 싶었다.

그렇게 카일과 제이크 주니어 사이 팽팽한 긴장감이 지속되는 가운데 한 남자가 사람들 사이를 비집고 들어오더니 대뜸 제이크 주니어의 뒷덜미를 확 낚아챘다.

"너 지금 여기서 뭐하는 거냐?"

"아, 아버지?"

비록 허세이긴 했어도 카일 앞에서 물러설 기미조차 보이지 않던 제이크 주니어가 아버지인 제이크 시니어를 보자마자 안색이 새파랗게 질려 버렸다.

"누가 아버지를 불렀어? 누구야!"

제이크 주니어는 부하들을 둘러보며 고래고래 소리를 질렀지만 정작 그의 부하들은 뒷짐을 지더니 휘파람을 불며 딴전을 피웠다.

"설마 이번에도 돈놀이했냐?"

"그, 그게 말이죠. 요즘 상회 사정이 영 시원찮아서 자금 조달도 할 겸……."

퍽!

제이크 시니어는 아들의 정강이를 소리 나게 걷어찼다.

고통을 이기지 못한 나머지 정강이를 붙들고 뒹굴고 있는 제이크 주니어를 놔두고 제이크 시니어는 크리드에게 다가가더니 손을 확 붙잡았다.

"크리드, 정말 미안하구나! 내 이놈을 당장 끌고 가서 버르장머리를 고쳐 놓을 테니 용서해 다오. 저놈에게 빌린 돈은 갚지 않아도 되니 염려 놓고!"

제이크 시니어는 아까 아들을 걷어찰 때 땅에 떨어지기 직전 급하게 낚아챈 보석을 입김을 후후 불어가며 정성스럽게 닦은 후 크리드에게 돌려주었다.

"그건 그렇고, 이분은 못 보던 분 같……."

카일과 눈이 마주치는 순간, 제이크 시니어는 한동안 잊고 있던 악몽이 뇌리에 떠올랐다.

"에이, 설마. 아니겠지."

그는 애써 방금 전 떠오른 악몽을 부정하며 시선을 돌렸지만, 모루 위에 놓인 큼지막한 검을 발견하고선 다시 카일을 바라보았다.

붕대에 감기지 않은 카일의 입술 왼쪽 끝이 씨익 올라갔고, 제이크 시니어의 표정은 서서히 굳어졌다.

"아버지! 이런 식으로 물러설 순 없습니다! 빚은 빚이고 상회 애들을 건드린 보복은 해야죠!"

아까 걷어차인 정강이를 붙들고 제이크 주니어가 아버지의 뒤에 다가갔다. 그리고 아버지의 손을 붙잡으려는 순간, 거세게 자신의 손을 쳐내는 아버지를 보고 멍하니 섰다.

"아버지?"

"애들 물려라. 지금 당장."

"아, 아버지! 제 이야기도 좀 들어보세… 악!"

"난 두말하는 걸 정말 싫어해. 무슨 의미인지 알겠지?"

반대쪽 정강이마저 걷어차인 제이크 주니어가 다시 한 번 땅바닥을 마구 뒹굴었다.

제이크 시니어가 손짓하자 부하들이 제이크 주니어의 양 팔과 두 다리를 하나씩 붙잡더니 그대로 들어서 가버렸다.

부하들이 사라지자 뭔가 박진감 넘치는 사건을 기대했던

사람들도 실망하며 뿔뿔이 흩어졌다.

제이크 시니어는 대장간의 문을 닫더니 쇠고리를 걸어 단단히 잠갔다. 그리고 카일을 향해 무릎을 꿇더니 몸을 푹 숙였다.

"오, 오래간만에 뵙습니다. 카일 님."

5

20년 만에 만난 두 남자는 처음 만났을 때와 똑같이 겁에 질린 제이크 시니어를 얼굴 가득 미소를 머금은 카일이 바라보는 구도를 이뤘다.

"넌 역시 날 단번에 알아보는구나."

"어찌 몰라볼 수 있겠습니까?"

제이크 시니어는 고개를 살짝 들어 올려 대답하고는 급하게 머리를 땅바닥에 갖다 대었다.

옛날 평소처럼 검 수선을 위해 동료들을 대동하고 대장간을 방문했던 카일은 우리가 마족의 위험으로부터 보호해 주니 자릿세를 내라며 크레익을 협박 중이던 당시 30대 초반의 제이크와 마주쳤다.

카일은 페이서가 그를 붙들고 말리기 직전까지 제이크에게 살아서 지옥을 넘나들 수 있다는 사실을 단단히 각인시켜

주었다. 그때의 악몽은 20년이 지나 아들을 두어 제이크 시니어가 된 지금까지도 잊혀지지 않았다.

"그래도 옛날과 달리 눈치라는 게 좀 생겼구나. 남들 앞에서 내 이름을 말하지 않은 점은 높게 쳐주지. 단, 계속 말하지 않았으면 좋겠어. 나도 두말하는 거 정말 싫어하니 절대 잊어버리지 말고."

카일에게 '좋겠다' 라는 말은 '반드시 그렇게 하라' 는 의미인 걸 제이크 시니어는 뼈저리게 잘 알고 있었다.

"너, 크레익이 죽은 거 알고 있지?"

"네! 물론입니다."

"그런데도 지원은 못 해줄망정 네 아들에게 친구 아들이 털리는 걸 모르고 있었어? 도대체 정신을 어따 두고 살아온 거야?"

카일의 어조가 다소 거칠어지자 제이크 시니어는 아예 고개도차 들 생각을 못하고 벌벌 떨기만 했다.

"우선 일어나. 아무리 네가 자식교육 엉망으로 시켰어도 크리드 앞에서 이런 모습 보이는 건 좋지 않을 거 같아."

그러자 잽싸게 일어난 제이크 시니어는 카일 앞에 부동자세로 섰다.

"잠깐, 이건 남자 몸에서 날 향기가 아닌데……. 너 지금 나이가 몇이지?"

"올해로 52살입니다."

"벌건 대낮부터 여자 안고 다니는 건 네 자유이니 뭐라 안 하겠는데, 최소한 네 아들이 밖에서 뭔 짓 하고 다니는지 정도는 파악 좀 해. 그런데 너 그때 나에게 호되게 당했으면서 여자 밝히는 본능은 여전하구나?"

"오, 오늘부터 여자에겐 절대 얼씬도 않겠습니다!"

자릿세 타령을 하다가 지옥을 한 차례 경험했던 제이크 시니어는, 보름 후 홀로 거리에서 물건을 사던 카트리나에게 수작을 걸다가 두 번째 지옥을 맞이했다. 그때는 페이서는 물론이고 제럴드까지 나서서 말리지 않았다면 진짜 죽어서 지옥에 갔을지도 모르는 상황이었다.

"그럴 필요 없다니까? 여자를 안든 남자를 품든 간에 상관하진 않겠는데 할 건 하고 즐기란 이야기야. 무슨 의미인지 알겠지?"

"알겠습니다! 그런데 다른 분들은 어디에……."

"개인 사정 때문에 나 혼자 다니고 있어. 왜? 겁나? 날 말릴 3명이 없어서?"

"그럴 리가 있겠습니까? 하하하!"

제이크 시니어는 호탕하게 웃음을 터뜨렸지만, 카일과 마주 보고 있는 상황에선 웃어도 웃는 게 아니었다.

"나도 옛날과 많이 달라졌으니 그렇게 두려워할 필요 없

어. 아까 네 아들놈이 한 짓 떠올려봐. 예전 같으면 네가 오기 전에 두 다리로 성하게 서 있었겠어?'

"그렇죠! 하하하!'

"그래, 이왕 널 만남 김에 부탁 좀 해야겠다."

"말씀만 하십시오."

부탁이라는 말에 제이크 시니어는 웃음을 뚝 멈추고 진지한 표정으로 귀를 기울였다.

"내가 누구인지에 대해 대충 너의 은인 겸 지인으로 소문 퍼뜨려 줘. 아예 카일이 아닌 다른 사람으로 인식하도록 만드는 편이 정체 숨기기엔 더 좋으니까."

"다른 부탁은 없습니까?'

"그거면 족해. 어차피 타일론드 성에 온 이유는 저 쓸데없이 큰 검 수리하려고 온 거니까."

카일은 이미 크리드와 제이크 시니어에게 정체를 들킨 이상 무조건 정체를 숨기는 방법은 통하지 않을 터, 상회를 운영할 정도의 영향력을 지닌 제이크 시니어에게 자신을 가상의 인물로 입소문을 내달라고 요청했다.

"그러면 가봐. 아까 한 부탁 명심하고."

"따로 머물 곳은 정하셨습니까? 아니라면 제가 운영하고 있는 고급 여관으로 오시지요."

"됐어. 네 아들놈이 아직 완전히 개과천선했다는 보장도 없으니 당분간 이 대장간에 머무르는 편이 나아. 너만 해도 두 번 얻어터진 후에야 정신을 차렸잖아. 크리드, 괜찮겠지?"

"네, 아저씨라면 문제없지요. 아, 그러고 보니… 잠깐만요."

크리드는 창고 안으로 들어가 한참을 뒤적이더니 먼지투성이가 되어 돌아왔다.

"아버지가 돌아가시기 전에 남긴 편지에요. 유독 아저씨한테만 따로 남겼더군요. 지금 읽어보실래요?"

누렇게 바랜 편지봉투를 보자 그동안 흘러간 시간이 얼마나 길었는지 카일은 새삼 깨달았다.

그는 편지봉투를 뜯다가 손을 멈추고 자리에서 일어났다.

"아니, 여기가 아니라 그 녀석 앞에서 읽어야겠어."

6

타일론드 성 외각에 위치한 묘지에 도착한 카일은 불어오는 바람을 얼굴에 맞으며 눈을 살며시 감았다.

"이곳도 참 오래간만에 와보네."

용병들이 모이는 곳이니만큼 타일론드 성을 노리는 마족과 몬스터들의 침공이 제법 잦았다.

거듭된 전투 속에서 죽어간 이의 상당수는 고향에 돌아가지 못하고 이곳에서 묻혔다. 그래서인지 크레익처럼 이름이 새겨진 비석이 아닌 십자가만 세워져 있는 무덤이 훨씬 더 많았다.

카일 역시 페이서를 만나지 못했다면 무질서하게 꽂힌 십자가 중 하나가 되었으리라는 생각에 동료들의 얼굴을 떠올려 봤다.

"거의 3년 만에 크레익의 무덤을 찾아온 것 같군요. 친구로서 면목이 없습니다."

제이크 시니어는 들고 온 꽃다발을 비석 오른편에 놔두고 성호를 그었다.

처음에는 결코 어울릴 수 없는 입장이었지만 카일 덕분에 연이 닿아 나중엔 서로 술을 주고받을 정도로 친밀해졌다.

"네가 그런데 난 어쩌겠어? 크레익이 죽었다는 말을 듣자마자 여길 찾아왔어야 했는데, 우선 내 무기부터 수리할 생각으로 머리가 가득 찼었다고. 솔직히 그 녀석에게 많이 미안해."

"그야 그 소란이 있었으니 어쩔 수 없잖아요? 아버지도 이해해 주실 겁니다."

"차라리 날 이해 못해도 좋으니 살아 돌아왔으면 좋겠다."

카일은 크레익의 비석을 보고 슬프다는 느낌보단 안타까운 기분이 들었다.

비록 같은 전장에서 위기를 헤쳐나간 사이는 아니지만, 묵묵히 망치질을 하는 와중에 하루라도 빨리 무기 대신 농기구나 실컷 만드는 세상이 오길 바란다는 그의 말이 떠올랐기 때문이다.

그러나 카일이 스스로 봉인을 자처하며 만들었던 평화는 고작 20년밖에 유지되지 못했고, 크레익은 그 20년의 반밖에 더 살지 못했다.

"그러면……."

카일은 낡은 편지봉투에서 편지를 꺼내 펼쳐들었다. 생긴 것과 달리 섬세한 글씨체는 크레익의 것이 분명했다.

카일, 네가 이 편지를 읽게 된다면 난 기쁘면서도 슬플지 모르겠어. 우선은 네가 그 봉인에서 풀려나왔다는 사실에 기뻐할 테고, 반대로 날 찾아왔다는 이야기는 아마 그때쯤 망가졌을 무기를 수선해야만 하는 상황에 처했다는 뜻이니까.

다른 인간들도 마찬가지였겠지만, 그는 더 이상 무기를 만드는 일이 없는 세상이 오기를 절실히 바랐다. 그래서 카일 일행을 도와주면서도 수리된 무기를 들고 다시 전장으로 떠나는 그들을 걱정스러워하는 눈으로 배웅하곤 했다.

…난 네가 이름조차 붙이지 않은 이 커다란 검을 매번 들고 올 때마다 어떤 상황에 쳐했는지 대충 알고 있었어. 넌 아무런 티를 내지 않았지만 제럴드가 몰래 알려주었거든. 지금은 괜찮지만 그 어둠의 힘이 친구를 언제 잡아먹을지 모른다고 항상 염려했어. 물론 제럴드 성격상 네 앞에서 티를 내진 않았겠지만……

"지금도 그 녀석 내 걱정하고 있을 거다."

20년 만에 만나도 여전히 카일에 대해 근심을 떨치지 못한 제럴드와, 죽기 전 남긴 편지에서까지 걱정하는 크레익이 왠지 닮아 보였다.

친한 것과 별개로 카일 일행 중 그와 가장 이야기가 잘 통하던 사람 역시 제럴드이기도 했으니.

…그래도 죽기 전에 이 검, 다크블로우를 완성시킬 수 있어서 정말 다행이야. 카일, 네가 다시 무기를 쥐는 일이 없는 세상이 오길 바라지만 어쩔 수 없이 싸워야 하는 상황이 온다면 이걸 써주길 바라.

"다크블로우?"

들어본 적도 없는 이름의 무기가 언급되자 카일은 고개를 갸웃거렸다. 하지만 지금은 우선 호기심에 이끌리기보단 편지를 마저 읽기로 결정했다.

…차라리 네가 계속 봉인되어 이 편지를 읽지 못한다면 그건 그것 대로 너에게 행복한 길일지도 몰라. 네 동료 분들의 이야기를 들을 때면 가슴이 쓰라려. 세상을 구한 이들이 그런 식으로 멸시받고 푸대 접받는 모습 따위 보고 싶지 않거든. 특히 페이서 님의 경우는…….

카일은 편지를 접더니 잠시 읽는 걸 중단하고 두 눈을 감았 다.

갑옷에 묻은 몬스터의 피를 닦아낼 겨를도 없이 대장간을 들를 때면 가장 안타까워하던 이가 바로 크레익이었다. 자신 과 달리 동료들의 몰락을 실시간으로 접했을 그가 얼마나 가 슴 아파했을지 카일로선 짐작조차 힘들었다.

…네가 이 편지를 읽을 즈음, 내 아들 크리드가 대를 이어 대장장 이를 하고 있을지 아닐지는 솔직히 모르겠어. 만약 그 녀석이 여전히 망치를 손에 쥐고 있다면 나라고 여기고 마음껏 부려먹도록 해. 네가 봉인에서 풀려 건강한 모습으로 돌아오는 걸 기다리지 못하고 떠나 는 날 너무 원망하진 말아줘.

"이 녀석……."

카일은 자신이 크레익을 생각한 것 이상으로, 크레익이 자신을 아꼈음을 편지의 마지막 부분을 읽은 후에야 비로소 깨달았다.

다 읽은 편지를 접어서 편지봉투 안에 집어넣은 카일은 크레익의 묘비 위에 왼손을 얹었다.

"가뜩이나 아까 한 짓 때문에 섭섭해하지 않을까 가슴 찔렸는데, 이런 글까지 남기고 가버리면 내가 엄청 미안해지잖아."

카일의 눈에서 눈물은 흘러내리지 않았다.

치열한 전쟁 속에서 죽음이란 피할 수 없는 운명이라는 걸 예전에 깨달았고, 자신이 끝까지 살아남은 건 어디까지나 운이 좋았기 때문이라 여겼다.

그러나 정작 그 전쟁 한복판이 아닌 뒤편으로 물러나 있던 크레익이 자신보다 먼저 저세상으로 갔다는 사실에 '운명'의 얄궂음만을 재확인할 뿐이었다.

*   *   *

"이거 말씀하시는 거죠?"

창고에 들어갔다 나온 크리드는 제법 큰 검을 아무렇지 않게 들고 나왔다.

특이하게도 크리드는 검자루가 아닌 검신을 감싸고 있는

검집 끝부분을 움켜쥐고 있었다. 검자루는 붕대에 칭칭 감겨져 있었고 그 위에 의미를 알 수 없는 룬 문자가 빽빽하게 적혀 있었다.

"아버지가 만든 검이지만, 솔직히 좀 무서워요. 아버지가 돌아가신 후 이 검을 사겠다고 찾아온 사람이 제법 있었지만, 워낙 유별난 검이라 10년 넘게 먼지만 쌓여서 솔직히 그동안 골치 아팠습니다. 검을 쥐는 족족 기운이 빨려 나간 듯 쓰러진 사람만 부지기수라서요. 그래서 이름 앞에 마검(魔劍)이라는 팔리지도 않을 수식어가 붙어버렸다고요."

"마검? 그러면 마검 다크블로우라고 불러야 하나?"

크레익이 만드는 무기들이 한결같이 많은 이의 사랑을 받았던 것과 비교하면 꽤나 이질적인 수식어이긴 했다.

카일은 겉에 감겨 있는 붕대를 풀지 않고 검자루를 움켜쥐어 봤다.

"흐음?"

이제까지 그가 다뤄본 무기들과 확실히 다른 감각에 예사 물건이 아님을 직감했다.

매듭을 풀고 붕대를 잡아당기자 애매모호하게 이질적이었던 감각이 구체적으로 느껴졌다.

검자루를 움켜쥔 오른손 손등의 핏줄이 도드라지게 튀어나오더니 시커멓게 변색되었다.

"아저씨! 괜찮으세요?"

크리드는 혹시라도 카일이 쓰러질까봐 그의 팔을 급하게 붙들었지만 정작 카일 본인은 아무렇지 않게 서 있었다.

"확실히 뭔가 빠져나가는 기분이 맞긴 한데, 쓰러질 정도는 아니야. 뭐가 뭔지 잘 모르겠다. 크리드, 진짜 이 검 쥐는 족족 사람들이 쓰러지긴 했냐?"

"네. 저도 당해봤는걸요."

"이럴 때 일수록 답은 의외로 가까운 곳에 있는 법이지."

풀리지 않는 궁금증에 대한 단서를 찾기 위해 카일은 아까 풀었던 붕대의 안쪽을 살펴보았다. 그리고 그의 예상대로 깨알같이 작은 글씨로 적힌 문장이 길게 이어져 있었다.

카일은 붕대를 일자 형태로 바닥에 길게 내려놓더니 자세를 낮추고 처음부터 한 글자씩 꼼꼼히 읽기 시작했다.

"그게 가능할까?"

붕대에 적힌 설명을 끝까지 다 읽은 카일은 탁자 위에 내려놓은 마검 다크블로우에 다가가 검자루에 손을 뻗었다. 하지만 손가락 끝에 검자루가 닿기 전 급하게 손을 거두고는 붕대 위에 적힌 설명을 처음부터 다시 읽기 시작했다.

"이 설명대로 된다면 난 이전과 다른 방식으로 싸울 수 있을 텐데, 정말로 가능할까?"

카일의 말끝에는 여전히 '가능할까?'라는 의문이 붙어 있었다.

하지만 이렇게 계속 고민만 해봤자 달라지는 건 아무것도 없다.

"크리드, 잠깐 밖에 나가 있을래?"

"네?"

"어떤 일이 일어날지 몰라서 그래. 잠깐만이면 되니까."

카일은 거의 밀어내다시피 크리드를 대장간 밖으로 내보내더니 문을 닫았다.

영문을 모른 채 쫓겨난 크리드는 불안한 마음을 주체하지 못하고 대장간 앞을 서성거렸다.

시간이 흘러가면 흘러갈수록 불안한 마음이 계속 커지기만 하자 견디다 못한 크리드는 대장간 뒷문 쪽으로 걸어갔다.

"윽!"

순간 대장간 안에서 뿜어져 나온 보이지 않는 기운에 크리드는 뒤로 확 밀려나더니 쓰러지며 땅바닥에 굴렀다.

"아저씨! 무슨 일이에요? 괜찮아요?"

쓰러진 크리드는 벌떡 일어나 문앞으로 후다닥 달려가더니 굳게 잠긴 문을 쾅쾅 두들기며 소리쳤다. 하지만 안에선 아무런 반응도 없었다. 급기야 발로 문을 걷어차려고 뒤로 물러섰다가 달려드려는 찰나, 살짝 문이 열렸다.

문틈 사이로 삐죽 튀어나온 왼손이 까닥거리며 들어오라

는 신호를 보냈다.

"도대체 무슨 일이에요? 저는 무슨 일 일어나는 줄 알았……."

크리드는 카일의 오른손에 쥐어져 있는 마검 다크블로우를 보고 말을 잊었다.

검이라기보단 도의 궤적에 가까운 다크블로우의 검신 바깥쪽을 활활 불타오르는 붉은색 선이 감싸고 있었고, 안쪽에는 깊이를 알 수 없는 짙은 어둠이 갇혀 있었다.

"크레익 녀석, 정말 대단한 걸 남기고 떠났군. 이런 식으로도 어둠의 힘을 쓸 수도 있다니… 감탄했는데?"

7

엘레힘 신성력 1326년 8월 14일.

카일과 헤어진 페이서와 제럴드, 그리고 리에트는 아르고스가 있는 보르니아 왕국을 향해 북쪽으로 이동했다.

보르니아 왕국의 수도 그레인 성 근처에 위치한, 아르고스의 저택에 도착했을 때엔 그들의 몰골은 말이 아니었다.

이동하는 와중에 그들은 마족이 이끄는 몬스터와 인간이 이끄는 부대와의 전투에 여러 차례 휘말렸고, 각자의 활약으로 인간 측 승리에 적지 않은 공을 끼쳤다.

몇몇 지휘관은 그들의 실력을 인정해 주면서 부대에 합류하지 않겠냐는 제의까지 했지만, 보르니아 왕국으로 가기로 결정된 터라 부득이하게 거절하고 떠나야 했다.

반대로 모르드 왕국의 눈치를 보는 이들의 경우 고맙다는 말도 하지 않고 부대 밖으로 쫓아내기까지 했다.

"어서들 오게!"

저택에서 급히 뛰어나온 아르고스는 두 팔을 활짝 펼치더니 페이서와 격한 포옹을 나누었다. 순간 아르고스의 코 안으로 역한 냄새가 파고들었지만, 살짝 인상을 찡그렸을 뿐 다시 사람 좋은 미소를 지으며 페이서의 등을 팡팡 두들겼다.

"죄송합니다. 오는 도중 여관에도 들르기 힘들어서……."

사실 그들을 가장 괴롭힌 것은 정체불명의 '인간' 습격자들이었다.

어둠을 틈타 페이서 일행이 머무르는 여관을 급습하거나, 인적이 드문 숲 안으로 들어가자마자 화살이 여기저기서 날아오기도 하는 등의 고난을 겪어야 했다.

몬스터와 마족이 아닌 인간들이 자신을 노린다는 생각에 페이서의 피로도는 극에 달한 지 오래였다.

"다 그 망할 모르드 왕국 놈들의 수작이지? 어쩔 수 없지 않은가. 하지만 안으로 들어가자마자 목욕부터 시켜야겠어,

하하하!"

아르고스는 너털웃음을 터뜨리며 페이서를 반갑게 맞이했다.

그리고 페이서 옆에 있는 제럴드와 리에트의 얼굴을 본 아르고스는 그들과 항상 함께 다녔던 카일이 결국 같이 오지 않았음을 확인했다.

"정말로 따로 떨어졌나?"

"그런 편이 서로에게 좋다고 판단했기 때문입니다."

"흐음, 솔직히 그 사람도 같이 왔다면 내 입장에서야 더 좋았겠지만 그건 어디까지나 내 사정이지. 자네들, 마음고생이 나름 심했겠어."

오래전 페이서와의 일대일 대결을 할 때도, 그 뒤 전쟁터에서 몇 차례 우연히 만났을 때에도 아르고스의 눈에는 페이서 옆에 있던 검은 머리카락의 카일이 매번 눈에 들어왔다.

페이서만큼의 접점은 사실 없었지만 항상 있었던 사람이 없다는 것만으로도 마음속 한구석에 허전함을 느꼈다.

"나야 그대들만큼 그 사람을 알진 못하지만, 알아서 잘할 거라 믿어. 페이서 자네와는 다른 의미로 믿음을 주는 타입이거든. 이걸 말로 표현하기 애매한데……."

"무슨 말 하시려는지 알 것 같습니다."

"그렇지? 하하하!"

거리낌 없이 웃음을 터뜨리는 아르고스를 보자 페이서의 입가에 오래간만에 엷은 미소가 자리 잡았다.

"지난번 뵈었을 때도 느꼈지만, 예전에 비해 성격이 많이 변하신 것 같습니다."

"사람이야 쉽게 안 변한다고들 하지만, 난 이상하게도 오래간만에 보는 사람마다 자네같이 말하더군. 성격만 변했나? 다른 부분도 많이 바뀌었을 걸?"

"체형 말입니까?"

"이런이런! 예전 같으면 그냥 말 안하고 넘어갔을 걸 굳이 집고 넘어가다니, 자네 역시 안 본 사이에 달라졌군."

갑옷이 아닌 예복이어서 그런지 예전보다 훨씬 둥글게 변한 아르고스의 체형이 페이서의 눈에 띄었다.

"역시 이런 옷을 입으니 눈에 띄지? 어쩔 수 없다고. 안사람이 매번 날 살찌우는 음식만 내놓아서 말이야. 오, 마침 저기 오는군!"

아르고스는 환한 미소를 지으며 정문에서 걸어오는 자신의 부인에게 손짓했다.

바로 그때, 말없이 가만히 서 있던 리에트의 시선이 부인에게 고정되었다.

휘이잉!

리에트의 팔소매 안에서 튀어나온 플레일이 아르고스의

부인을 향해 날아갔다.

"멈추십시오!"

그리고 거의 동시에 구현된 제럴드의 마법이 플레일의 철구 부분과 쇠사슬을 얼어붙게 만들었다. 얼음의 무게와, 제럴드의 외침을 들은 리에트가 급히 쇠사슬을 뒤로 잡아당긴 덕분에 다행이도 플레일은 아르고스의 부인으로부터 멀리 떨어진 곳에 떨어졌다.

"리에트 양, 다짜고짜 공격하면 안 됩니다! 카일이 말한 걸 잊진 않았겠죠?"

"응……."

제럴드가 그답지 않게 언성을 높이자 리에트는 약간 기운이 빠진 목소리로 대답하더니 플레이를 도로 거두어들었다. 잠시 후,

다짜고짜 공격을 받을 뻔했던 부인이 가까이 다가오자 리에트는 고개를 살짝 숙였다.

"미안해."

만약 적이 아닌 마족을 본능에 따라 공격하려고 했다면, 반드시 사과하고 용서를 빌라는 카일의 말을 리에트는 그대로 따랐다.

문제는 전후사정을 모르는 상대에겐 더 화를 돋울 대답이었다는 점이지만.

"아르고스 경, 리에트 양은 사실……."

"편지에 적혀 있던 그 내용 말인가?"

"네, 그러니 아무쪼록 용서해 주시길 바랍니다."

제럴드가 정중하게 사과를 했고 페이서까지 고개를 숙이며 동참했다.

아르고스의 부인은 살짝 굳은 표정으로 리에트를 바라봤고, 그들 사이에 낀 아르고스는 어떻게 대처해야 할지 난처한 입장에 처했다.

"여보, 전 괜찮답니다."

"정말로?"

"생각 이전에 본능에 따라 몸이 움직이도록 이 아가씨를 세뇌시킨 교단의 문제겠지요."

그녀는 자신을 보자마자 플레일을 휘둘렀던 리에트의 외모가 벌레 하나 죽이지 못할 정도로 연약해 보이는 걸 확인하더니 한숨을 내쉬더니 이마의 주름을 살짝 어루만졌다.

"여보, 저에 대해서 미리 설명 안 하셨나요?"

"당신의 변신 능력에 이제까지 그래왔듯 다들 속아 넘어갈 줄 알았지. 그리고 일부러 밝혔다간 당신이 곤란해질 수 있잖아."

"밝히지 않아도 충분히 곤란했잖아요?"

자칫하면 심각하게 험악해질 수 있는 분위기였음에도 부

부 사이 오가는 말은 가벼운 실랑이 정도였다.

제럴드는 둘 사이의 대화 내용과 아르고스의 부인을 리에트가 다짜고짜 공격했다는 사실에 주목했다.

"실례될지 모르겠지만, 부인께서는 혹시……."

"여러분이 생각하시는 그대로랍니다."

그녀는 가볍게 미소를 짓더니 오른손을 얼굴에 대고 위에서 아래로 쓰윽 훑었다. 그러자 40대 중반의 중년 부인의 외모에서 순식간에 10대 중반의 앳된 소녀의 얼굴로 바뀌었다.

"남편 외의 인간에게 이 모습을 보여주는 건 오래간만이네요. 전 코델리아 님을 섬기던 전(前) 뱀파이어 후작 케이드린이라고 합니다."

"네? 코델리아 님의 부하였습니까?"

인간으로 위장한 몬스터나 마족이라는 예상까진 했지만, 코델리아와 연이 있을 줄은 제럴드는 물론 페이서도 짐작하지 못했다.

케이드린은 입술 사이로 튀어나온 한 쌍의 송곳니를 살짝 매만진 후 페이서를 향해 치마 끝자락을 양손에 붙잡고 정중하게 인사했다.

"그렇답니다. 페이서 님, 그분은 잘 계신지요?"

Chapter 21
오만한 자들의 광기

1

엘레힘 신성력 1326년 9월 20일.

파다닥.

타일론드 성에서 동쪽으로 멀리 떨어진 숲 위로 새 떼가 넓게 흩어지며 날아올랐다.

어쩌다가 몬스터들이 주둔할 때를 제외하곤 평화로웠던 숲은 근 한 달간 갑자기 나타난 '이방인' 때문에 애꿎은 야생 동물들이 도망갔다가 돌아오기를 반복했다.

"휴우, 가을이 되어도 땀은 여전히 멈추질 않는군."

로브를 걸친 것으로도 모자라 후드를 깊게 뒤집어쓰고 정체를 숨긴 카일은 얼굴에 둘둘 감긴 붕대를 잡아당겼다가 놓기를 반복하며 열기를 날려 보냈다.

"다시 한 번……."

카일은 크레익이 마지막으로 남긴 마검 다크블로우를 양손으로 움켜쥐었다. 그러자 그의 몸에 잠들어 있는 흑염의 기운이 화염과 어둠, 두 개의 기운으로 분리되어 다크블로우 안으로 빨려 들어갔다.

날카로운 톱니가 촘촘히 박혀 있는 검신 바깥쪽에 화염의 기운이 스며들면서 붉은 줄이 검자루에서 시작되어 검신을 한 바퀴 돌더니 다시 검자루로 돌아왔다. 반면 검신 안쪽에는 어둠의 기운이 가득 들어차 짙은 검은색을 띠었다.

"하앗!"

기합 소리와 함께 검신 바깥쪽을 감싸던 붉은 선 중 앞부분이 사라졌다. 그와 동시에 안에 갇혀 있던 어둠의 기운이 다섯 개로 갈라지며 마치 채찍처럼 빠르게 뻗어 나가더니 바위 위에 놓인 사과들을 향해 날아갔다.

휘이익.

바람을 가르는 소리와 함께 네 개의 사과가 어둠의 기운에 베여 정확하게 반 토막이 났다. 하지만 맨 왼쪽에 있었던 사과 하나는 왼쪽 윗부분만 잘려 나갈 뿐이었다.

"휴우, 아직도 제어가 불완전해."

카일이 억제했던 화염의 기운을 다시 검에 불어넣자 다섯 방향으로 뻗어 나갔던 어둠의 기운이 허공 속으로 사라졌다.

"확실히 어둠에 지배되지 않고 어둠의 기운만 쏙 뽑아서 쓸 수 있다는 점 하나는 역시나 맘에 드는데, 나처럼 마나의 특화가 두 개 속성이 합쳐져서 이뤄진 경우가 아니면 사용하는 것만으로도 꽤 위험하겠어."

마검 다크블로우의 작동 방식은 기존 명검들과 확연히 달랐다.

우선 검을 쥔 자가 보유하고 있는 마나의 특화를 파악해 해당 속성을 검 안쪽에 빨아들인다. 그리고 '반드시 소유하고 있어야 하는' 또 하나의 특성을 검 바깥쪽에 두르는 방식으로 검신 안쪽에 흡수한 주 특성의 힘을 가두어놓는다.

이 과정에서 일반적 인간이나 마족처럼 단 한 가지 특성에 마나가 특화된 경우엔 주 특성의 힘을 잡아놓기 위해 생명력을 빨아들이는 극악한 방식을 채택했다.

어찌 보면 카일이 아닌 다른 자가 사용해야 마검(魔劍)이라는 악명에 어울리게 작동하는 셈이었다.

나는 네가 매번 어둠의 기운에 지배되어 이성을 잃고 날뛰는 장면을 떠올리며 안타까웠어. 그래서 어둠의 기운이 네 육체가 아닌 다른 매개체에 담아놓을 수 없는가에 대해 파고들었지. 오랜 시간 고심한 결과 네가 사용할 무기 안에 담아놓는 방식이 최적이라는 결론이 나왔어.

이성이라는 것 자체가 존재할 수 없는 물체를 어둠의 기운이 지배해 봤자 인간을 지배하는 것에 비해 효용성이 떨어지게 마련이다.

어둠의 기운을 무기 안에 담는다는 발상 자체는 쉽게 떠올랐지만 실행으로 옮기기엔 난감한 부분이 한두 곳이 아니었어. 결국 포기하고 처음부터 다시 생각하려는 순간, 미처 깨닫지 못했던 부분을 떠올렸어. 네가 가진 어둠의 기운이 사실은 불꽃과 융합된 '흑염'이라는 사실 말이야.

카일은 다크블로우의 검자루를 칭칭 감고 있던 붕대에 적힌 글을 떠올리며 검자루를 강하게 움켜쥐었다.

흑염의 기운을 두 개로 분리시켜 어둠의 힘은 무기 안에 가두고 불꽃의 힘으로 주변을 감싸 억누른다는 발상으로 전환되었지. 물론 이것 역시 쉽지는 않았지만 어떻게든 내가 죽기 전엔 완성시킬 수 있어서 다행이야.

"이 검이 없었다면 난 얼마나 한참을 돌아가야 했을까……."

지배와 제어.

지배에서 벗어나기 위해 발버둥 치는 것과, 제어하기 위해 정신을 집중하는 것은 보기보다 큰 차이가 존재한다.

블랙아웃 모드처럼 어둠에 몸을 맡기지 않고도 어둠의 힘을 '제어' 할 수 있다는 사실 자체만으로도 카일에겐 새로운 활로가 열린 셈이었다.

무엇보다 블랙아웃 모드는 강력한 힘을 제공해 주지만, 이성을 잃을 수 있다는 단점을 제외하고도 힘 자체의 성장을 기대할 수 없는 상황이었다. 하지만 다크블로우를 손에 넣음으로써 어둠의 힘을 제어하면서 앞으로 더 나갈 수 있다는 희망을 지니게 되었다.

"문제는 이 검이 아니면 어둠의 기운만 뽑아 쓰는 게 불가능하다는 점인데, 지금 당장 해결될 문제가 아니니 접어둬야겠지."

더 나아가 굳이 다크블로우를 손에 쥐지 않더라도 흑염의 기운에서 어둠과 불꽃 두 개로 분리시켜 평소 쓰던 대검에도 적용시킬 수 있지 않을까에 대해 고심하기도 했다. 하지만 너무 큰 욕심은 화를 부른다는 섭리를 떠올리며 우선 다크블로우를 이용한 어둠의 힘을 제어하는 데 주력하기로 결심했다.

"역시 페이서와 코델리아의 대련을 눈여겨 봐둔 보람이 있어. 직접 그녀와 상대했다면 더욱 좋았겠지만……."

우연의 일치일까, 채찍처럼 움직이는 코델리아의 사복검 블러드 레인의 움직임은 다크블로우에서 뻗어 나가는 어둠의 힘을 사용하기에 가장 적합했다.

그리고 또 하나, 마족과 몬스터만 골라 공격하는 리에트의 과감하면서도 정교한 움직임 역시 좋은 참고가 되었다. 지배에서 벗어나기 위해서가 아닌, 어둠의 힘을 제어하는 데 주력할 수 있는 지금, 두 여성의 공격 방식이 지닌 장점을 최대한 흡수해 보려고 노력했다.

"그렇다면 이번엔……."

그의 원래의 성격과 잘 들어맞는 방식으로 어둠의 힘을 제어해 보기로 작정했다.

카일은 다크블로우를 검집 안에 집어넣고 손가락 마디를 까닥거리며 화염의 기운을 살짝 거두었다. 그러자 검집과 검신 사이 좁은 틈에서 어둠의 기운이 연기처럼 흘러나오기 시작했다.

검집을 쥔 왼손을 뒤로 젖힌 카일은 자세를 낮춘 상태에서 앞으로 달려갔다. 굵직하게 자라난 나무들 앞에서 멈춰 선 카일은 검신의 양옆을 화염의 기운으로 감싸는 동시에 오른손으로 검을 뽑았다.

"하아앗!"

기합 소리와 함께 검신 앞부분에서 직선 형태로 뿜어져 나온 어둠의 기운이 나무들을 뚫고 30미터 앞까지 뻗어 나갔다.

왼쪽에서 오른쪽으로 거대한 반원을 그린 어둠의 기운을 카일이 도로 거두어들이자, 근방에 있던 나무들이 서로 교차되면서 하나둘씩 쓰러졌다.

쿵! 쾅! 쿵! 쾅!

뒤엉켜 쓰러진 나무들 사이로 먼지가 피어오르면서 일대 시야가 뿌옇게 변했다. 큼지막한 나무들에 사방이 막혀 버린 카일은 그루터기에 털썩 앉더니 다크블로우를 땅바닥에 꽂아 세웠다.

"이 정도나 되는 어둠의 힘을 이끌어냈는데도 날 유혹하던 그 소리가 들리지 않다니, 정말… 대단해."

그는 양손을 쫙 펼치더니 강하게 움켜쥐었다.

2

저녁놀이 질 무렵 타일론드 성 앞에 도착한 카일은 평소와는 달리 사람들이 성문 앞에 잔뜩 모여든 걸 보고 의아해했다.

그리고 그 의문은 성문을 떡하니 가로막고 있는 정체불명의 병사들과 기사를 보고 해소되었다.

"이게 뭐야? 안의 물건을 확실히 보여줘야 할 거 아니야!"

전에 없던 빡빡한 검문검색에 성안을 출입하던 사람들의 얼굴엔 불만이 가득했다. 특히 직업의 성격상 무기를 휴대해야 하는 용병들의 경우 이전처럼 출입증만 제시하면 쉽게 통과되던 어제까지의 일을 떠올리며 폭발하기 일보 직전이었다.

정석대로 처리하는 걸 넘어서서 집요하리만치 트집 잡기에 열중하는 행태에 카일은 짜증보단 긴장감이 몰려왔다. 사람들이 빨리 지나가는 사이 운 좋게 들어가는 경우 따위는 발생하기 힘든 상황이었다.

"넌 뭔데 얼굴을 가리고 있어? 엄청 수상한데?"

"저 말입니까?"

카일은 자신을 가리키는 기사를 보고 최대한 아무렇지 않게 대답했지만, 갑옷에 새겨진 문양을 보고 경악했다.

'뭐야, 왜 모르드 왕국의 인간들이 여기서 출입을 통제하는 거지?'

후드 안으로 손을 가져가 눈을 비벼봤지만, 갑옷은 물론이거니와 내려놓은 방패에 그려진 문양 역시 모르드 왕국 소속임을 나타냈다.

"얼씨구, 이 검은 뭐야? 보란 듯이 무기를 들고 성을 들락 날락할 작정이었어? 그것보다 후드나 벗어봐. 얼굴을 보여야지! 얼굴을!"

카일을 질책하는 목소리가 높아지자, 매번 아침에 나갔다 이 시간에 들어오는 그를 기억하는 타일론드 성의 경비병들은 안쓰러운 시선을 보낼 뿐이었다. 결국 보다 못한 경비대장이 기사에게 다가가 조심스럽게 말을 꺼냈다.

"에르긴 경, 이분은 제이크 상회 쪽에서 신분을 보장한 터라 아무런 문제가 없습니다. 굳이 이분까지 조사하실 필요까지야……."

"그렇게 안일한 방식으로 대처할 때가 아닙니다! 지금은 전시 아닙니까?"

"그래도 매번 아무런 문제없이 출입하시던 분을 이렇게 몰아붙이는 건 좀 그렇다고 봅니다."

"이제까진 그랬을지 몰라도 앞으로 어떤 짓을 저지를지 어찌 압니까?"

자신을 잠재적 범죄자로 몰아붙이는 에르긴의 말에 붕대 안 쪽에 감춰진 카일의 표정이 상당히 일그러졌지만, 이 자리에서 평소처럼 폭발할 수도 없는 노릇이어서 참는 수밖에 없었다.

"화상으로 꽤 심하게 일그러진 얼굴인데, 괜찮겠습니까?"

카일은 후드를 벗은 후 붕대 안쪽에 손가락을 집어넣어 눈 아래 피부를 살짝 보여주었다. 그러자 방금 전까지 카일을 추궁하던 에르긴은 고개를 옆으로 휙 돌리더니 인상을 찌푸렸다.

"알았어! 알았으니 얼굴 치우고 그 검이나 내놔봐!"

"그건 좀 곤란합니다만."

혹시라도 다크블로우의 검자루를 쥐게 된다면 에르긴은 분명히 쓰러질 테고, 일은 더욱 꼬이게 된다.

"그 검에 뭔가 숨겼지? 그렇지?"

끝까지 포기하지 않고 물고 늘어지는 에르긴을 어떻게 처리할까 카일이 고심하던 중, 두 사람을 향해 누군가가 성문 안쪽에서 급히 달려오고 있었다.

"아이고, 여기 계셨군요!"

제이크 시니어는 가쁜 숨을 몰아쉬면서 남들이 보지 못하게 에르긴의 손바닥 위에 슬그머니 돈주머니를 내밀었다.

손바닥에 두둑한 감촉이 느껴진 에르긴은 헛기침을 하더니 주변을 한 번 쓱 훑어보고선 자리를 비켜주었다.

"흠흠! 이번엔 봐주겠지만 다음부턴 무기를 들고 함부로 이 성을 들락거릴 생각조차 하지 마."

*　　　*　　　*

우여곡절 끝에 성안으로 들어온 카일의 눈에 여기저기 자리 잡은 모르드 왕국의 병사들이 들어왔다.

"이거 어떻게 된 거야?"

"에휴, 말도 마십쇼……."

같이 따라오던 제이크 시니어는 땅이 꺼져라 깊게 한숨을 내쉬었다.

"요즘엔 웬일인지 뜸하지만, 일주일에 한 번 정도는 꼭 마족들이 몬스터들을 대동하고 이 성에 쳐들어왔답니다. 그게 3개월 정도 계속되니 지원 병력이 필요하다는 요구가 끊이지 않고 이어졌죠."

"그래서 데리고 온 애들이 왜 하필이면 모르드 왕국이야? 이 애들 실력은 둘째 치고 같이 있는 것만으로도 많이 짜증날 텐데?"

"저도 여러 정보를 접하고 모르드 왕국만은 안 된다고 주장했지만, 다수파가 먼저 선수를 친 바람에 이 모양 요 꼴이 되었지요."

"다수파라, 지금 영주 자리를 차지하고 있는 도리안 상회 말이지?"

타일론드 성은 특이하게도 그 어떤 왕국에도 속하지 않는 독립도시로서 일정 주기마다 시민들의 투표로 영주를 선출하는 제도를 도입하고 있었다.

"사실 올해 말에 기존 영주의 임기가 끝나고 새 영주를 뽑기 위한 투표가 예정되어 있습니다. 그런데 작년부터 현 영주의 평판이 많이 떨어져서 다시 당선되기엔 글렀거든요."

"성 넓히려고 땅 샀다가 말아먹었다는 그 이야기?"

"네, 갑자기 전쟁이 터지는 바람에 기존의 성벽을 허물고 넓게 지으려는 계획이 완전히 물거품이 되어버렸죠. 새 영지에 터를 잡으려고 선입금을 내고 기다리던 상인들은 당장 돈 도로 뱉어내라며 항의 중인데, 지금은 곤란하다며 기다려 달라는 대답만 앵무새처럼 반복하는 판국이니 도리안 상회 입장에선 어떻게든 활로를 찾고 싶었겠죠."

"그렇다고 그 많고 많은 나라 중에 하필 모르드 왕국을 택해? 어이가 없다, 진짜로."

"진짜 답답해 미칠 노릇입니다. 상회의 수장 자리까지 차지했던 인간이 그렇게 머리가 안 돌아갈 줄은 몰랐죠."

"원래 멀쩡하던 인간도 바보로 만드는 곳이 바로 '높으신 분들'이 차지하는 자리지. 그런데 진짜 모르드 왕국 병사들이 안 보이는 곳이 없네. 이러다간 여기 모르드 왕국에 확 먹혀 버릴 수도 있겠는데?"

"오히려 그걸 바라고 있는지도 모르겠습니다."

"아아, 어떤 의미인지 알겠어."

투표로 영주에 당선된 이후 그 자리를 계속 유지하기 위해선 독립도시 형태를 유지하기보단 임기 자체가 존재하지 않는 기존에 존재하는 왕국의 영주가 되는 편이 훨씬 낫다.

"아무튼 그 문제 때문에 몇 달 전부터 골머리를 썩였는데, 이렇게 뒤통수를 칠 줄은 몰랐습니다."

"그사이 아들이란 놈 역시 네 뒤통수를 쳤고?"

"할 말 없습니다. 진짜로……."

제이크 시니어는 고개를 절레절레 저으며 한숨만 연달아 내쉬었다.

카일은 그의 축 처진 어깨에 손을 올려놓고선 자기들끼리 신 나게 떠들고 있는 모르드 왕국 병사들을 노려보았다.

3

대장간으로 돌아온 카일은 있어야 할 크리드 대신 의외의 인물이 앉아 있는 걸 보고 고개를 갸웃거렸다.

"흐음? 넌……."

크리드는 자리를 비웠는지 보이지 않았고, 대신 제이크 시니어의 젊은 시절을 빼다 박은 제이크 주니어가 앉아 있었다.

"여기 웬일이지? 네 아버지가 시켜서 왔냐?"

"어떻게 알았… 죠?"

제이크 주니어는 반말로 답하려다가 예전 아버지에게 호되게 걷어차였던 정강이의 고통을 떠올리며 급하게 존댓말로 바꿨다.

"저, 꽤 늦었지만… 그게……."

"사과할 작정으로 왔다면 나보단 먼저 크리드에게 해라. 어릴 적엔 곧잘 어울렸다면서 지금은 왜 돈 갚으라며 협박할 정도로 사이가 나빠진 거냐? 설마 구태의연하게 여자 문제로 틀어졌다던가, 그런 이야기는 아니겠지?"

의외로 제이크 주니어에 대한 주변 상인의 평가는 결코 박하지 않았다. 문제가 된 돈놀이는 몇 년 전 어설프게 서너 군데의 상점에게 했다가 아버지에게 호되게 얻어맞은 이후 관두었고, 그 뒤로 크리드 한 명에게만 했을 뿐이다. 다른 대장간은 물론이고 제이크 상회가 관리하는 상점에 대해선 소위 말하는 '보호비' 명목의 돈 같은 건 한 푼도 거두지 않았다.

"……."

"뭐야, 정말로 여자 문제였어?"

잔뜩 굳은 얼굴로 땅바닥만 바라보는 제이크 주니어의 반응에 카일은 기가 찬다는 표정을 지었다.

'크리드 녀석, 왜 이놈과 그렇게 되었는지 입을 꾹 다물더니만…….'

거의 하루 종일 대장간에 죽치고 있던 크리드가 오늘 자리를 왜 비웠는지 쉽게 이해가 되었다.

"뭐, 그건 너희끼리 알아서 할 문제이니 내가 끼어들 수도 없겠지. 하지만 이거 하나만은 기억해 둬라. 아무리 절친한 사이더라도 하루 만에 철천지원수 사이로 바꾸는 게 바로 돈 문제라는 걸."

"네, 명심하겠습니다."

"너, 지난번 봤을 때완 영 딴판이네. 이렇게 고분고분 말 잘 들으면서 그땐 왜… 에잉, 역시 여자 문제는 귀찮아."

"그날 집에 들어가서 아버지에게 밤새도록 설교를 들었습니다. 자신에게 둘도 없는 은인께 다시 그런 식으로 버릇없이 군다면 가문에서 추방시킨다며 화를 엄청 내셨죠."

"은인? 내가? 네 아버지의?"

"아버지 말로는 자길 죽을 위기에서 세 번 구해주고, 지금은 돌아가신 어머니를 소개시켜 준 것도 모자라서 제이크 상회를 차리는 데 거금을 빌려주셨다고 하던데요?"

"……."

사실이라곤 하나도 없는 제이크 주니어의 말에 카일은 입을 다물었다.

반대로 제이크 시니어를 두 번이나 죽을 위기에 빠뜨렸다면 모를까. 어떤 의미에선 카일과 가장 거리가 먼 가상인물로 잘 꾸며준 셈이라 그저 웃어넘길 수밖에 없었다.

"아무튼 나에 대한 사과는 그걸로 충분하니 나중에 크리드와 술이라도 마시면서 쌓인 앙금이나 풀도록 해."

"저도 그러고 싶은데 녀석이 매번 제가 올 때마다 대장간을 나가 버리니 어쩔 수 없어요. 그리고 저도 요즘 골치 아픈 일이 생겨서 바쁘기도 했고요."

"무슨 일인데?"

"모르드 왕국의 병력이 진짜 이곳으로 올 줄은 몰랐거든요. 어차피 지금 성내 병력이나 용병들만으로도 충분히 방어가 되는데 왜 굳이……."

아버지와 똑같은 고민거리를 늘어놓는 제이크 주니어의 어깨는 축 처져 있었다.

"한 달 전까지만 하더라도 많게는 일주일에 한 번 정도는 싸워야 했는데, 매번 잘 몰아냈거든요. 영주는 도대체 무슨 생각인지 모르겠습니다. 요즘엔 몬스터들이 안 쳐들어와서 몸이 근질거리긴 하지만요."

'그건 내가 마주친 몬스터를 다 해치워서 그래.'

카일은 성에서 동쪽으로 멀리 떨어진 숲 속에서 홀로 수련하는 도중 소규모의 몬스터 병력을 종종 만났다. 그리고 그때마다 주변에 몬스터들의 시체 더미가 쌓이도록 죽이곤 했다.

"하아, 진짜 이곳이 어떻게 될지 모르겠어요. 아버진 아버지 나름대로 힘쓰시고 있지만……."

*　　　*　　　*

1시간 동안 성내 분위기와 고민에 대해 토로한 제이크 주니어는 공손하게 인사를 하고 대장간 밖으로 나갔다.

그러자 기다렸다는 듯이 크리드가 뒷문을 열고 안으로 들어왔다.

"너 거기에 있었냐?"

"……."

크리드는 카일의 말에 대답하지 않고 제이크 주니어가 나간 정문 쪽을 한동안 응시했다. 그리곤 창고로 들어가더니 수리 중이었던 카일의 대검을 들고 와 모루 위에 놓았다.

'둘 사이의 일에 쓸데없이 끼어들 순 없지. 어차피 젊을 땐 여자 문제로 싸우는 것도 나중엔 추억이 될 테니까. 그런데, 엄밀히 따지면 나도 저 녀석들과 동년배잖아? 나도 저런 고민을 해야 할 나이가 아니던가?'

예전 마족과의 전쟁 당시엔 하루하루를 죽느냐 사느냐의 갈림길을 앞에 두고 피투성이가 되어가며 싸웠던 터라, 이성 문제에 대해 고민하는 것 자체가 사치로 여겨졌다.

어떤 의미에선 크리드와 제이크 주니어가 평화로운 시대에서 자라났다는 실감이 팍 들었다.

"아저씨."

"왜?"

"이 검 수리, 좀 늦어질 거 같아요."

"더 늦어져?"

예정된 한 달이 거의 다 되어가는 시점에서 그런 말이 나오자 카일의 얼굴이 살짝 일그러졌다.

"얼마나 더 걸릴 것 같아?"

"2주 정도요."

"2주라, 그러면 그동안 성 밖에 나가는 건 관둬야겠다. 성 출입할 때마다 다시 그런 식의 검문에 걸리는 건 사양이야."

아까 제이크 시니어가 했던 것처럼 뇌물을 주고 무마하는 방법도 있지만, 어떤 식으로든 모르드 왕국군에게 돈을 주긴 싫었다.

"저도 마음 같아선 동료 대장장이들이라도 불러서 같이 수리하고 싶어요. 하지만 이 검은 아저씨의 상징이나 마찬가지 잖아요? 그래서 눈에 띄지 않게 문을 닫고 혹시라도 누가 볼까 신경 쓰면서 수리하고 있는 실정이에요."

"그래서 아까 창고 안에 넣어둔 거야?"

"제이크가 문을 두들기며 들어가도 되냐고 물어보는 바람에 허겁지겁 숨겼죠. 예전에 한 번 보긴 했지만 또 모르잖아요?"

카일 역시 남의 눈을 피해 다크블로우를 통한 어둠의 지배를 완벽하게 터득하려고 일부러 멀리 떨어진 숲까지 나가는 형편이라 경계를 게을리하지 않고 대장간에 틀어박혀 있어야 하는 크리드의 심정이 충분히 이해되었다.

"정말 죄송해요. 하루라도 빨리 검을 고쳐도 시원찮을 판국에……."

죄송스러워하는 크리드의 표정이 그의 아버지인 크레익의 얼굴과 겹치자, 카일은 고개를 가로저으며 크리드의 어깨를 토닥거렸다.

"그 이야기는 네 아버지한테도 매번 들었다. 초조해하지 말고 수리에 전념하도록 해. 오히려 난 2대에 걸쳐서 이 대장간에 신세만 지고 있으니까 널 독촉할 입장은 못 되지."

4

엘레힘 신성력 1326년 9월 30일.

타일론드 성에 모르드 왕국의 병력이 주둔한 지 열흘이 지났다.

여전히 까다로운 검문검색으로 인해 많은 이의 불평불만이 쏟아져 들어왔고, 성 곳곳을 돌아다니며 민폐를 끼치는 모르드 왕국 병사에 대한 주민들의 시선은 점점 차가워졌다.

정작 모르드 왕국의 병사를 불러들인 이유인 몬스터의 습격은 한 달 하고도 보름이 넘게 지난 지금까지도 일어나지 않았다. 예기치 않았던 평화와 짜증, 그리고 초조함이라는 서로 다른 감정이 주민들의 마음속에서 복잡하게 뒤섞이면서 성안의 분위기가 이상하게 흘러갔다.

* * *

"뭐야, 무슨 일 있나?"

"벌건 대낮인데 벌써부터 술에 취한 것 같군. 쯧쯧."

길을 오고 가던 사람들이 대장간 거리 한복판에 쓰러져 있는 청년을 보며 한마디씩 툭툭 던졌다.

"도련님! 여기입니다!"

시민들 사이를 제치고 몰려온 남자들이 땅바닥에 쓰러진 청년 주위에 몰려들더니 다급하게 손짓했다.

"네이르! 정신 차려!"

부하들을 이끌고 온 제이크 주니어는 눈의 초점이 완전히 풀린 네이르를 일으켜 세우고 앞뒤로 흔들었지만, 완전히 인사불성이 된 네이르는 제이크 주니어를 알아보지 못했다.

"뭔 일이야?"

밖이 시끌벅적해지자 대장간 안에 있던 카일은 사람들이 모인 곳 안쪽으로 들어갔다.

"주니어, 무슨 일이냐?"

"아, 아저씨로군요."

"저놈 대낮부터 얼마나 퍼마셨기에 저 모양이냐?"

카일은 혀를 차며 네이르에게 다가갔다. 그리고 번쩍 들어 올리더니 왼쪽 어깨에 턱 하니 걸쳤다.

"히… 힘이 굉장하시군요."

"이대로 놔뒀다간 술 냄새 때문에 주변 사람들까지 다 취하겠다. 이 녀석 어디로 데리고 갈 거냐?"

"이 골목에서 왼쪽으로 가시면 되요. 제가 앞장설 테니 따라오세요."

카일은 제이크 주니어를 따라 골목 안으로 들어갔다.

그러자 마침 순찰을 돌던 모르드 왕국군 병사들과 마주쳤다. 맨 앞에 있던 제이크 주니어는 노골적으로 적의를 드러내며 병사들을 노려봤고, 반면 병사들은 가볍게 비웃으며 그의 옆을 스쳐 지나갔다.

그때 정신을 차린 네이르의 몸이 벌벌 떨기 시작하더니 두 눈을 질끈 감았다.

"크… 크흑……."

"어럽쇼? 이놈 우네?"

카일의 어깨에 매달린 채로 네이르는 서글프게 울기 시작하더니, 이내 격렬한 분노가 담긴 욕설을 마구 쏟아냈다.

"그 개자식들이… 아리네를, 아리네를!"

5

제이크 부자(父子)가 살고 있는 저택 안 집무실 안에는 고요함이 자리 잡았다.

제이크 시니어는 왼손으로 턱을 괴고서 창문 쪽을 하염없이 바라봤고 제이크 주니어는 고개를 푹 숙인 채 탁자 아래 내린 두 주먹을 강하게 움켜쥐고 있었다.

"휴우, 그 녀석 진짜 엄청 취했더라."

바로 옆 빈 방에 네이르를 침대 위에 놓고 온 카일은 문을 열고 집무실로 들어왔다. 제이크 시니어는 급하게 턱을 괴었던 팔을 거두어들이고 자리에서 벌떡 일어섰지만 카일은 도로 앉으라고 손짓했다.

"네이르를 데리고 와주신 것만으로도 충분한데 직접 씻겨주시기까지 하다니, 정말로 감사합니다."

"별거 아냐. 용병단에 있을 땐 이런 식으로 취한 놈들 관리야 하루 이틀 해본 게 아니니까. 마침 내가 들고 갈 때 토해서 다행이지. 자던 도중 토하다가 식도가 막히면 그땐 답이 없어."

카일은 네이르의 구토물이 묻었던 로브의 왼쪽 어깨 부분을 잡아당겨 코에 가져갔다. 물에 닦아냈지만 지독한 냄새는 여전히 남아 있던 터라 후드와 함께 벗어 옆 의자에 걸쳐놨다.

"그러면 아까 하던 말이나 계속하자. 그러니까, 어젯밤 아까 그 녀석의 애인이 모르드 왕국 병사들에게… 당했다는 거야?"

카일은 윤간이라는 단어를 떠올렸지만, 그것만으로도 머리가 썩어 들어가는 기분이 들은 나머지 차마 입 밖으로 내뱉지 못했다.

"네. 만나기로 한 약속 장소에서 한 시간을 기다려도 안 나오기에 그녀의 집을 찾아가던 도중……."

"두 눈으로 목격했다면, 술을 아무리 마셔도 부족했겠군."

우드득.

탁자 위에 올려놓은 카일의 오른손이 다섯 개의 구멍을 만들어 버렸다.

"아, 미안. 나도 모르게 손에 힘이 들어갔어."

카일은 인상을 찌푸리며 제법 비싸 보이는 탁자 아래로 손을 내렸다. 물론 두 부자는 그를 조금도 원망하지 않았다.

"그 버러지들 잡히긴 했어?"

"잡히긴 잡혔습니다만, 모르드 왕국군 측에서 데리고 갔으니 제대로 된 처벌이 이뤄질 리 없잖습니까?"

제이크 시니어는 네이르와 그의 애인인 아리네를 마치 친

아들과 딸처럼 아끼고 있었던 터라 보통 상심한 게 아니었다.

"당연한 걸 물어보는 게 아니라면 좋겠지만, 이런 일 처음이 아니겠지?"

"…네."

성범죄의 특징상 하나가 발견되었다는 건 최소 몇 배에 해당하는, '알려지지' 않은 동류의 사건이 이미 터졌다는 걸 의미한다.

"이것뿐만이 아닙니다. 상점은 물론이고 술집이나 윤락가에서 돈 낼 생각 하나 없이 이곳저곳 쑤시고 다니는 모르드 왕국 병사가 부지기수라더군요. 할 수 없이 시민들이 자원해서 방범대를 결성하기도 했지만, 무슨 권리로 이딴 짓을 하냐며 해산당한 지 오래입니다."

제이크 시니어 입장에서 나름 여러 가지 방법을 고안해 봤지만, 범죄를 저지르는 자와 그들을 '형식상' 체포해 가는 이들이 동일 집단이라는 벽을 넘어설 순 없었다. 결국 그가 관리하는 상가만은 지키기 위해 상당한 양의 뇌물을 바치는 수밖에 없었다.

그럼에도 이런 일이 터지니 제이크 시니어는 앞이 하나도 보이지 않는 어둠 속에 갇힌 기분이었다.

"분위기가 이 모양이다 보니 아예 가게를 우선 닫고 헐값에 팔리기만 기다리는 상인이 하나둘씩 늘어나는 중입니다.

이런 식이라면 성 자체가 몰락해 버릴 지도 모릅니다."

"그러면 다음 영주 선출 투표 때 질 게 확실할 텐데… 투표 같은 걸 할 생각이 없다는 거겠지. 아니면 성 자체를 모르드 왕국에 도로 팔 생각일지도 몰라."

독립도시라 해도 처음부터 특정 국가에 소속되지 않았던 경우는 극히 드물다. 대부분 기존 왕국으로부터 수십 년 치에 해당하는 세금을 한꺼번에 내고 대신 독립하는 방식으로, 원래 모르드 왕국령이었던 타일론드 성 역시 같은 식으로 독립한 경우였다.

"시니어, 내가 나설까? 연락만 어떻게 된다면 모르드 왕국이 아닌 다른 나라의 지원을 받을 수도 있어."

"저도 솔직히 모르드 왕국만 아니라면 그 어떤 나라라도 괜찮다는 심정이지만, 시간이 흐르면 일이 더 복잡해질 것 같습니다."

"주니어, 넌 어떻게 생각해?"

카일은 이름이 같은 두 부자를 구별하기 위해 각각 시니어와 주니어로 불렀다.

"말씀만이라도 고맙습니다."

"그 이야기는 말로만 받아들이겠다는 거로군."

외세의 개입으로 발생한 문제를 또 다른 외세를 개입시킴으로서 해결해 봤자, 결국 또 다른 문제를 잇달아 유발시킬 뿐이다.

'하긴, 이런 상황에서 아르고스 경에게 연락해 봤자 기껏 그를 찾아간 다른 동료들의 입장에 좋지 않은 영향을 끼칠지도 몰라. 보르니아 왕국이 반드시 도와준다는 보장도 없을뿐더러…….'

그렇다고 모르드 왕국의 수도로 직접 찾아가 타일론드 성 안에서 벌어지는 행태를 고발할 수도 없는 노릇이다. 모르드 왕국 입장에선 이미 일어난 과오를 인정하며 더럽혀진 명예를 알리기보단, 되레 힘으로 억눌러 없던 일로 만들어 버리는 쪽을 택할 가능성이 컸다.

"그렇다면, 이 방법이 있긴 해."

카일 입장에선 썩 내키지 않는 구상이었지만 이것 말곤 딱히 다른 방법이 떠오르지 않았다.

더럽혀진 국가의 명예를 인정하면서 동시에 자신의 이미지를 올리는 데 이용할 수 있는 이들에게 알리면 된다는 논리에서 비롯된 방법이기도 했다.

"잘만하면 이제까지 너희들이 그동안 당한 것 이상으로 되돌려 줄 수 있는 기회이기도 해."

"어떤 방법입니까?"

"그건 말이지……."

　　　　*　　　　*　　　　*

　어두운 밤이 되자 타일론드 성문이 굳게 닫혔고, 손수 검문
검색을 지휘하던 에르긴은 영주가 제공해 준 고급 저택 안으
로 들어갔다.

　그는 찬장 안에 줄지어 놓여 있는 고급 와인 중 한 병을 꺼
내더니 푹신푹신한 소파에 앉았다. 코르크 마개를 따고 와인
의 향기를 음미하던 그때, 문 너머로 노크 소리가 들렸다.

　"고생이 많습니다, 에르긴 경."

　"오오, 영주님 아니십니까?"

　에르긴은 입으론 타일론드 성의 영주 자올스를 반갑게 맞
이하면서도 정작 소파에선 일어나지 않았다. 결국 자올스는
문 앞에 우두커니 서 있기만 했다.

　"지난번 소개시켜 주신 아가씨들은 나름 쓸 만했습니다.
다음에도 기회가 된다면 종종 부탁드립니다."

　"마음에 드셨다니 감사할 따름입니다."

　자올스는 손을 싹싹 비비더니 굳게 잠긴 문 쪽을 한 번 바
라보고선 조심스럽게 입을 열었다.

　"저, 그런데 지난번에 말하셨던 그 건은 어떻게 되어가는
지……."

　"아, 그거 말입니까? 상부에서 회의 중이라고 보고 받았습

니다. 당장 결정될 사안은 아니니 인내심을 가지고 기다려 보십시오."

"며칠 전에도 같은 대답을 하신 걸로 기억합니다만……."

순간 에르긴은 노골적으로 짜증 섞인 표정을 지으며 와인을 병째로 들이켰다. 그러자 화들짝 놀란 자올스는 몸을 움츠리며 고개를 연신 조아렸다.

"다시 한 번 제가 케이브란스 성에 전령을 보낼 테니 걱정 마십시오."

"정말입니까? 감사합니다!"

"그러면 용무는 더 이상 없으시겠죠? 전 지금 피곤해서 좀 쉬고 싶군요."

"어이쿠, 죄송합니다. 그러면 편안한 밤 되길 바랍니다. 아, 아까 지난번 보냈던 아가씨들이 맘에 드셨다고 하셨죠? 좀 있다가 새로운 아가씨들로 보내 드리겠습니다."

"영주님께선 정말 말이 잘 통하시는 분이로군요. 감사히 받겠습니다."

에르긴의 얼굴에 미소가 떠오른 걸 확인한 자일스는 연신 고개를 숙이더니 문을 열고 밖으로 나갔다.

문이 닫히자 에르긴의 입에서 '피식' 하는 웃음이 잘도 터져 나왔다.

"저렇게 머리가 안 돌아가는 주제에 어떻게 영주 자리에

올랐는지 모르겠어."

타일론드 성을 모르드 왕국에 팔겠다는 안건은 이미 통과
된 지 오래였다.

하지만 에르긴은 일이 어떻게 될지 모른다며 일부러 자일
스의 속을 애태웠다. 그리고 자신이 어떻게든 해결해 보겠다
며 그 대신 여러 특혜를 요구했다. 그 결과 에르긴은 전쟁이
한참 벌어지고 있는 다른 지역에서 고생하고 있는 동기들과
달리 타일론드 성안에서 안락한 삶을 누리고 있었다.

어차피 3개월 뒤엔 다른 곳으로 전출될 예정인 에르긴 입
장에선 타일론드 성에 좋은 이미지를 남기고 갈 필요는 하나
도 없었다. 최고 지휘관인 에르긴이 이런 행보를 보이자 그의
부하들은 물론 일반병들까지도 기고만장해서 타일론드 성에
민폐란 민폐는 죄다 끼치고 다니는 판국이었다.

"흐음, 하지만 역시 이것도 지루해."

달콤한 꿀도 계속 먹게 되면 입에 물리게 마련이다.

"뭔가 화끈한 게 필요해. 다음에 전투라도 벌어지면 나의
명성을 시민들이 보는 앞에서 펼쳐볼까?"

Chapter 22
새로운 힘의 전개

1

엘레힘 신성력 1326년 10월 15일.

"휴우, 이제야… 끝났네요."

크리드는 땀으로 흠뻑 젖은 이마를 손등으로 닦아내며 망치를 내려놨다.

"한번 확인해 보세요."

카일은 그동안 자신의 손을 떠나 있던 대검을 오른손에 쥐고 비스듬히 들어 올렸다. 검신 여기저기에 나 있던 금이 모조리 사라져 있었고 마치 새것처럼 반짝이기까지 했다.

"정말 고생이 많았어."

"그 망할 모르드 왕국군만 없었다면 더 일찍 끝났을 거예요. 그놈들이 쓸데없이 날뛰는 바람에 마무리 작업에 들어갈 재료 수급이 꽤 난감했거든요. 아, 이전에 비해 개조된 부분에 대한 설명은 이걸 읽으시면 되요."

카일은 크리드가 건넨 쪽지를 받아 품 안에 넣었다.

"솔직히 네 아버지의 실력만 알았지 네가 어느 정도일지 몰라서 내심 걱정하긴 했다."

"저도 아버지 못지않죠?"

"그래, 아직 좀 모자라긴 하지만."

카일은 방긋 미소를 짓는 크리드의 머리 위에 손을 얹더니 마구 헝클어뜨렸다.

"그런데 그 검 그냥 들고 나가다간 성문 앞에서 또 트집 잡힐지도 몰라요."

"아차, 그걸 생각 못했네. 숨기기엔 너무 크고……."

"물건 좀 사러 나간다며 수레에 숨기면 되겠죠. 뇌물 좀 쥐어 주면 대충 해결될 거예요."

"그럴 바엔 그냥 내가 들고 나가다가 뇌물 주면 되지 않겠어?"

"누구 때문에 한동안 대장간에 틀어박혀서 망치질만 했더니 바깥바람이라도 쐬고 싶은 심정이에요. 길거리로 나가봤

자 모르드 왕국 놈들만 보면 반대로 숨이 턱턱 막힐 테니까
요."

지난번 그 사건 이후 타일론드 성내의 분위기는 조금도 호
전되지 않았다. 모르드 왕국의 병사들은 여전했고, 침체된 성
내 경제는 회복될 줄 몰랐다. 시민들의 감정은 분노에서 체념
이라는 단계로 넘어가는 중이었다.

"그러면 떠나기 전에 제이크 상회에 들려야겠다. 그동안
적지 않게 신세 졌는데 얼굴이라도 비춰야 도리겠지."

"거길 가시게요? 전 좀······."

"아직도 주니어와 화해 안 했냐? 그런 일로 남에게 참견하
긴 그렇지만, 시니어가 직접 찾아와 대신 사과까지 했잖아."

물론 돈놀이라는 악질적인 방법에 걸렸으니 앙금이 쉽게
풀리지 않을 거라는 예상했지만, 일이 해결된 지 두 달이 다
되어가는 지금까지 남아 있을 줄은 몰랐다.

"난 일방적으로 피해만 입은 셈이라고요. 그 녀석에게 진
빚은 그렇다 쳐도 그 여잔 제가 아니라······."

"나도 차였어······."

갑자기 문이 열리더니, 제이크 주니어의 입에서 기운 빠진
목소리가 흘러나왔다.

"뭐, 뭐야? 너 언제부터 거기에 있었어?"

"방금 전."

"그런데 아까 한 말 사실이야? 정말로 너도?"

"그러면 지금 내 얼굴이 차인 놈 얼굴이지 뭐냐? 차인 지는 꽤 되었어."

"……."

"……."

그러자 친구 사이였던 두 청년 사이에 공감대라는 이름의 침묵이 길게 이어졌다. 사이에 낀 카일은 가볍게 미소를 지으며 팔짱을 끼고 서 있었다.

'친구 사이였던 건 확실하네. 딱 상대 성격 파악해서 안 올 줄 알고 미리 와버리니 말이야.'

카일은 제이크 주니어를 크리드 앞으로 데리고 오더니 두 사람의 등을 동시에 툭툭 두들겼다.

"뭐, 나중에 같이 술이라도 하면서 쌓인 것 풀도록 해라. 물론 술은 주니어 네가 사는 쪽으로. 무슨 소리인지 알겠지?"

"네."

"알겠습니다."

여전히 둘 사이에 메워지지 못한 감정의 골은 남아 있었지만 시간이 알아서 해결해 줄 문제였다.

"주니어, 같이 밥이라도 먹으면서 길게 이야기 나누고 싶지만, 너무 일정이 지체되어서 이만 가야겠다."

"지금 당장요?"

"애초에 이 검의 수리만 끝나면 떠날 작정이었어. 그런데 생각보다 시간이 오래 걸려서 기다리는 동안 네 아버지에게 여러 가지 참견한 거지."

현재 제이크 시니어는 카일이 가르쳐 준 방법을 시도하기 위해 타일론드 성을 떠난 상태였다.

"그러고 보니 오늘쯤엔 도착하셔야 할 텐데, 잘되었을까요?"

"잘되길 바라야지."

카일은 과거 자신의 경험을 떠올리며 이번에도 제대로 된 결말이 이뤄지길 바랐다.

하지만 지금은 별다른 충돌 없이 이 대검을 가지고 밖으로 나가는 일이 급선무였다.

"그런데 지금 다시 봐도 진짜 큰 검이로군요. 이걸 진짜 휘두를 순 있나요?"

"나중에 기회 되면 실컷 휘두르는 모습을 보여줄게. 물론 그런 일 자체가 일어나지 않는 편이 너에겐 좋을 거다."

제어와 지배라는 두 가지 길을 선택할 수 있게 된 지금, 대검을 쥐어야 하는 순간이 온다면 진짜로 최악의 상황에 처했을 가능성이 높다. 막상 수리하려고 멀리 떨어진 이곳까지 왔지만, 정작 이 검을 앞으로는 가급적 쓰지 말아야 한다는 점이 카일에게 의미심장하게 다가왔다.

"그러면 네 아버지에게 그동안 신세 많이 졌다고 안부나 전해줘라."

　카일은 아까 크리드에게 했던 것처럼 제이크 주니어의 머리에 손을 얹고 머리카락을 헝클어뜨렸다.

2

　뇌물을 주고 무사히 성 밖으로 빠져나온 카일과 크리드는 남쪽을 향해 수레를 타고 내려갔다. 넓은 평야 한가운데에 자리 잡은 타일론드 성이 수레에 걸터앉은 카일의 시야에 점점 작아져만 갔다.

　"앞으로 어떻게 하실 작정이에요?"

　"글쎄다. 동료들과 합류하기엔 아직 타이밍이 이르고, 어딘가 갈 곳을 정해야겠지. 최소한 모르드 왕국령이 아닌 곳으로. 그나저나 너무 멀리 나온 거 아니야? 난 몰라도 넌 돌아가야지. 마중은 이 정도로 충분해."

　수레를 몰던 크리드는 갑자기 말고삐를 잡아당기더니 수레를 멈췄다.

　"너도 저기가 싫냐?"

　카일이 오른손으로 타일론드 성을 가리키자, 크리드는 정면을 바라본 채로 고개를 끄덕거렸다.

"그냥 아저씨 따라 다른 곳으로 가고 싶어요. 솔직히 타일론드 성은 이대로 간다면 끝장이에요."

"그렇긴 하지."

마음 같아서는 카일이 직접 해결하고 싶었지만, 하필이면 상대가 모르드 왕국군인지라 이러지도 저러지도 못하는 판국이었다.

"그냥 저 데리고 가시면 안 되나요?"

"안 돼."

카일은 일말의 망설임도 없이 크리드의 부탁을 거절했다.

"난 내 몸 하나 부지하기에도 벅찬 인생이야. 넌 대장장이로서 크레익 못지않은 실력을 지녔지만, 그건 대장간 안에 있을 때 이야기지 내가 갈 전쟁터에선 아니야."

"그런가요……."

"무엇보다 넌 크레익의 아들이잖아? 난 부자를 저승에서 상봉시키는 취미 따윈 없다. 아까도 말했지만 마중은 이 정도면 되었어. 지금 당장 돌아가."

결국 카일의 고집을 꺾지 못한 크리드는 축 처진 어깨로 말고삐를 도로 쥐었다.

"잠깐."

말고삐를 내려치기 직전, 카일이 손을 뒤로 내밀며 크리드를 제지했다.

"무슨 일이에요?"

"잠깐만 기다려 봐."

카일은 눈을 감고 시야를 어둠 속에 가두었다. 타일론드 성 쪽을 한동안 바라보던 그의 눈썹 사이가 살짝 일그러졌다.

"타일론드 성으로 몬스터들이 몰려오는데?"

"네? 그게 보여요?"

"난 느낄 수 있어. 아, 넌 모르겠구나?"

카일은 눈을 뜨더니 수레에 실었던 가방 안을 뒤지더니 망원경을 꺼내 크리드에게 건네주었다.

"어, 진짜네요?"

크리드는 카일의 말이 정말이라는 걸 알고 놀랐지만, 그건 단순히 마족이나 몬스터를 멀리서도 감지할 수 있는 능력 때문이지 몬스터의 침입 자체 때문은 아니었다.

"그런데 넌 왜 그런 반응이냐? 온갖 정이 다 떨어졌다고 쳐도 네 고향이잖아."

"그런 게 아니라 아저씨 오기 전엔 일주일에 한 번 정도는 전투가 벌어졌어요. 이번에도 잘 막겠죠."

"그래도 그런 식으로 말하는 거 아니다. 모르드 왕국 놈들이야 그렇다 치더라도 이전부터 성을 지키던 경비부대원들에겐 실례잖아."

"…네. 제 생각이 짧았어요."

"그런데 정말로 잘 싸우는지는 직접 봐야 알겠다. 그거 다시 쥐봐."

카일은 크리드에게 망원경을 건네받아 타일론드 성을 살폈다.

"흐음… 호오… 그래, 그렇게 싸워야지."

아까 크리드를 가급적 조용하게 꾸짖긴 했지만, 크리드의 말대로 성 주위를 포위한 몬스터를 상대로 경비부대의 대응은 의외로 훌륭했다. 튼튼한 성벽으로 둘러싸인 이점을 최대한 활용하면서 성 근처에 다가오는 적들을 처치하는 중이었다.

"정말 네 말대로 잘 싸우긴 하네. 이대로만 간다면 내가 굳이 나설 필요도 없겠어. 어차피 성안에서 방어만 잘하면 되니까… 인데?"

카일은 잠시 망원경을 내리더니 눈을 비비고 다시 성 쪽을 바라봤다. 굳게 닫혀 있는 성문이 천천히 열리기 시작하더니 안에서 대기 중이었던 모르드 왕국의 기사들이 모습을 드러냈다.

그러자 카일은 예전 제럴드에게 들었던 이야기를 떠올렸다.

'바보는 아군, 적 가릴 것 없이 어디에든 있습니다. 그걸 감안해서 전략 전술을 짜야 하지요. 예를 들면 말입니다, 견고한 성안에서 버티기만 해도 충분할 상황에서 굳이 성문을 열고 밖으로 나가 공격하겠다는 발상을 할 경우…….'

"설마 그 녀석 말대로 되진 않겠지?"

3

"돌진하라!"

에르긴은 자신의 애마 위에서 검을 휘두르며 부하 기사들을 지휘했다. 랜스를 들고 다리 위를 질주한 모르드 왕국의 기사들 앞에 몬스터들이 무참하게 쓰러졌다.

그리고 기사들을 따라 보병들이 양옆으로 퍼지면서 공격을 시작했다. 머리 위에서 쏟아지던 화살과 큼지막한 돌멩이를 방패로 막아내던 몬스터들은 예상외의 공격에 당황하며 뒤로 밀려나기 시작했다.

"그래! 이거야! 계속 몰아붙여라!"

몬스터들의 피가 허공에 마구 솟구치자 에르긴의 흥분은 극에 달했다. 이런 상황에서 굳이 성문을 열고 밖으로 나가 공격할 이유가 없다며 완강히 저항하던 경비대장의 충고를 비웃기라도 하는 듯, 그는 계속해서 공격 지시만을 내렸다.

'자, 확실히 보라고! 나의 실력이 어떠한지!'

극빈한 접대마저 따분하게 느껴지던 일상에서 벗어나려는

의도로 시작한 공격이었지만, 막강한 힘을 지녔다는 걸 보여주면서 모르드 왕국군에 대한 반감 자체를 감히 바라보지도 못하는 두려움으로 바꿀 속셈도 껴 있었다.

반면 에르긴이 나감으로써 성벽 위에서의 공격은 극도로 제한되었다. 몬스터들을 계속 앞으로 밀어붙이기만 하는 모르드 왕국군의 머리 위로 화살을 쏠 수도 없는 노릇이기에 최대한 멀리 공격하는 수밖에 없었다.

그렇게 기세 좋게 전진하던 모르드 왕국의 기사들 앞에 거대한 덩치의 몬스터들이 나타났다.

"우워워!"

보통 오거보다 배는 더 거대한 오거로드가 세 마리나 동시에 등장했다. 오거로드들은 기사가 타고 있던 말을 하나씩 통째로 들어 올리더니 있는 힘껏 성벽을 향해 던져 버렸다.

쿵! 쾅! 쿵!

성벽에 부딪힌 기사들은 마나의 특화를 발휘하기도 전에 쓰러져 버렸고, 그들 위로 몬스터들이 달려들더니 비명 소리와 함께 핏방울이 사방으로 튀겼다.

"이, 이게 아닌데?"

에르긴이 당황하는 사이 저 멀리서 날아온 몬스터, 얼굴과 상반신은 인간의 형상이지만 그 외엔 새의 형상을 한 하피(Harpy)들이 보병들을 하나씩 낚아채 위로 날아올랐다.

"으아악!"

"사, 살려줘!"

하피의 두꺼운 발톱에 붙잡힌 병사들은 비명을 지르며 몸부림쳤다. 10미터 이상 높이 날아오른 하피들은 병사들을 일제히 놓아줬고, 동료들의 머리 위로 추락한 병사들은 피투성이가 되어 쓰러졌다.

"후퇴다! 모두 성안으로 퇴각하라!"

에르긴은 더 생각할 것도 없이 말머리를 성문 쪽으로 돌렸다.

그러나 너무 깊게 몬스터들의 진영 안으로 파고든 탓에 탈출 자체도 용이하지 않았다.

결국 성문 안쪽에 있던 경비대원들이 그들을 구출하기 위해 나섰다. 초반에는 인간들의 우세에서, 그 뒤로 열세로 바뀌었던 전황은 서로 치고받는 난전으로 바뀌었다.

타일론드 성의 경비대원들이 시간을 벌어주는 사이, 에르긴과 모르드 왕국의 기사들이 제일 먼저 성안으로 들어갔다. 뒤이어 모르드 왕국의 보병들이 마법사들의 보호 장막 속에서 안전하게 후퇴했다.

"지금 당장 성문을 닫아라!"

에르긴이 큰 소리로 문을 닫으라고 외치자, 타일론드 성의 경비대장 마킨은 어이없다는 표정으로 그를 바라보았다.

"무슨 소리입니까? 아직 안 들어온 병력이 저만큼 있습니다!"

"지금 저 몬스터들이 성안으로 비집고 들어오게 놔두란 말인가?"

"제 의견을 무시하고 나갈 땐 언제고, 이제 와서 닫으란 말입니까?"

"그땐 그때고 지금은 지금이야! 뭣들 하느냐! 당장 문을 닫아라!"

에르긴의 부하들은 후퇴할 때처럼 잽싸게 움직이더니 성문을 닫기 시작했다.

"이럴 수는 없습니다! 내 부하들은 죽으란 말입니까?"

목청껏 고함을 지르는 마킨의 목엔 어느새 에르긴의 검이 겨눠져 있었다.

"전쟁에는 희생이 따르는 법이다! 저들의 공훈은 나중에 상부에 보고할 테니 걱정 마라!"

"에르긴 경!"

*　　　*　　　*

굳게 닫힌 성문을 뒤로하고 몬스터들과 혈전 중인 경비대원들은 급속도로 지쳐가기 시작했다.

그들을 위해 보호 마법을 구현하던 성벽 위의 마법사들은 하늘을 가로질러 달려드는 하피들을 처리하기 위해 고전 중이었고, 궁병들 역시 마찬가지였다.

결국 성문이 다시 열리는 것만이 그들의 유일한 활로였지만, 아무리 문을 두들기고 소리를 질러도 돌아오는 반응은 일체 없었다.

"감히!"

경비대 소속의 네이르는 동료의 어깨를 찌른 오크에게 달려들어 쌍검을 휘두르며 목을 베어버렸다.

"필립! 괜찮아?"

"크윽……."

네이르가 필립을 부축하는 사이 다른 경비대원들이 그들의 앞을 지키면서 몬스터들을 상대했다.

"죽고 싶지 않아… 이런 식으로는……."

전투에서 죽는 건 어쩔 수 없다 치더라도, 그게 하필이면 그토록 증오하던 모르드 왕국군을 위해서라는 점을 납득할 수 없었다.

네이르 역시 마찬가지였다. 더 나아가 몬스터들이 아닌 모르드 왕국군 병사들의 등 뒤에 검을 꽂아 넣고 싶었지만, 결국 그들의 후퇴를 도와주고 죽을 위기에 처한 지금이 너무나 원망스러웠다.

"으악!"

"아, 안 돼!"

거대한 몸집의 오거로드가 양손에 하나씩 경비대원을 움켜쥐더니 높이 들어 올렸다. 머리 위에 드리워진 오거로드의 그림자를 보자 네이르는 자신도 모르게 눈을 질끈 감았다.

바로 그때.

"꾸웨엑!"

바람을 가르는 소리와 함께 날아온 검은색의 기운이 오거로드의 두 눈을 뒤에서 관통했다. 고통을 이기지 못한 오거로드의 양손에 힘이 빠지면서 붙잡혔던 경비대원들이 풀려났다.

촤아악!

오거로드의 목이 단번에 잘려 나가며 피가 사방으로 뿜어져 나왔다. 분수처럼 쏟아지는 피를 헤치고 한 남자가 네이르를 향해 달려왔다.

"넌 제이크 주니어 친구였지? 나 누군지 알겠어?"

"아, 그때!"

네이르는 카일의 얼굴에 둘둘 감긴 붕대를 보고 지난번 술에 취했던 자신을 도와준 이라는 걸 기억해 냈다.

"잠깐 고개 숙여!"

카일은 왼손으로 네이르의 얼굴을 잡아 누르더니 몸을 돌리면서 오른손에 쥔 다크블로우를 휘둘렀다. 검신 바깥쪽을 둘러싼 화염의 기운이 사라지면서 어둠의 기운이 여러 갈래로 갈라져 채찍처럼 뻗어 나갔고, 그에게 달려들던 몬스터들이 일제히 비명을 지르며 쓰러졌다.

"대단해……."

"감탄은 나중에 하고, 우선 후퇴해!"

"네? 아, 아니… 그것보다 어떻게 여기까지 오셨습니까?"

네이르의 질문에 카일은 씨익 웃으면서 턱짓으로 자신이 지나온 방향을 가리켰다. 그러자 직선 형태로 길게 이어진 몬스터들의 시체가 네이르의 시야에 들어왔다.

"긴말할 것 없이 우선 내 말에 따라! 남은 병력을 최대한 성문 쪽으로 후퇴시켜! 나머지는 나에게 맡기고!"

"네, 넵!"

"그러면 간다!"

카일은 다크블로우를 양손에 쥐고 돌진했다.

새롭게 다듬은 어둠의 힘을 발휘하기에, 경비대원들과 몬스터들이 서로 뒤섞여 싸우는 이곳만큼 최적의 장소는 없었다.

그는 이전처럼 아군이 휘말리는 걸 두려워해 몬스터들이 자신에게만 몰리도록 유도할 필요 없이 어둠의 힘을 제어하는 데에만 정신을 집중했다.

4

"하아앗!"

쉬이익!

기합 소리와 함께 다크블로우에서 뻗어 나간 어둠의 기운이 직선에서 곡선으로 바뀌면서 몬스터들을 관통했다.

"어?"

"이, 이건 뭐지?"

카일의 주변에 있던 몬스터 열 마리가 피를 뿜으며 쓰러졌고, 경비대원들은 방금 전까지 자신들과 격렬하게 무기를 주고받던 몬스터가 우수수 쓰러지자 멍하니 서 있었다.

"뒤로 물러서! 여긴 나에게 맡기고!"

"네?"

"빨리 성문 쪽으로 가!"

"아, 알겠습니다!"

카일의 고함 소리에 주변에 있던 경비대원들이 다급히 후퇴했다.

등을 보이고 도망가는 그들을 향해 몬스터들이 일제히 창을 던졌지만, 카일이 다크블로우를 위로 크게 휘두르자 모조리 얻어맞고 도중에 우수수 떨어졌다.

'그래, 바로 이거야.'

순수하게 흑염의 기운을 있는 그대로 사용할 때나, 의도적으로 어둠의 기운에 지배될 때엔 불가능했던 정교한 공격이 다크블로우를 손에 쥔 지금은 예상보다 쉽게 이뤄졌다.

이런 식으로 어둠을 계속 다룰 수 있다면 웬만한 강적이 나타나지 않는 이상 위험을 감수하며 블랙아웃 모드로 들어갈 이유가 사라진다.

'그렇다면 이번엔⋯⋯.'

어느새 살아남은 경비대원들은 부상병들을 이끌고 성문에 집결한 상황이었다. 카일의 주변엔 조심스럽게 공격할 기회만 노리는 몬스터들만이 모여 있었고, 저 멀리 그들을 지휘하는 데몬 후작 두 명이 공중에 떠 있었다.

'간다!'

카일은 다크블로우를 검집 안에 집어넣더니, 앞으로 달려 나갔다. 그리고 이전 숲 속에서 시도했던 공격 방식을 떠올리며 검집에서 다크블로우를 뽑았다.

화염의 기운에 막힌 검신 양쪽 대신 정면으로 뻗어 나온 어둠의 기운이 지면을 타고 빠르게 뻗어 나가면서 몬스터들을 모조리 뚫고 지나갔다.

50미터에 달하는 길이로 확장된 어둠의 기운이 카일의 움직임에 따라 좌에서 우로, 그리고 위에서 아래로 크게 휘둘러졌다.

콰콰쾅!

카일은 높이 뛰어올랐다가 착지하는 순간 의도적으로 검신을 감싼 화염의 기운을 완전히 거두었다. 그러자 사방으로 퍼져 나간 어둠의 기운이 충격파를 형성해 지면을 뒤흔들었다.

"손맛 한번⋯ 끝내주는군."

다시 화염의 기운으로 다크블로우의 검신을 둘러싼 카일의 눈앞엔 각기 다른 형태로 몸이 두 개로 갈라져 버린 몬스터의 시체가 즐비했다. 개중에는 멀리서 상황을 지켜보다가 어둠의 기운에 휘말려 버린 데몬 후작의 시체 한 구도 껴 있었다.

"더 다가오지 않겠다 이거지?"

카일은 살아남은 몬스터들이 자신과 상당히 거리를 벌린 걸 확인하고선 다크블로우를 좌우로 크게 한 번씩 휘둘렀다. 그러자 그가 서 있는 자리를 중심으로 가로 방향의 긴 선이 지면 위에 그어졌다.

"자! 확실하게 표시했다! 이 선을 넘어오는 놈들은 더 이상 세상 구경 못할 거다!"

말을 마친 카일은 다크블로우를 위로 들어 올리더니 한 바퀴 휭 돌렸다.

"아, 물론 공중도 포함해서."

쉬이익!

검신 바깥쪽을 둘러싼 화염의 기운을 카일이 군데군데 거두어 들이자 그 사이로 어둠의 기운이 가는 직선 모양으로, 각자 다른 방향으로 일제히 뿜어져 나왔다.

"자, 이래도 계속 저 성을 노릴 거냐?"

하늘 위에서 카일의 머리 위를 맴돌던 하피들이 우수수 떨어졌다. 목을 관통당한 하피들은 땅바닥에 쓰러져 날개를 퍼득거리다가 이내 숨을 거두었다.

그러자 가까스로 살아남은 또 한 명의 데몬 후작이 서둘러 몬스터들과 부하 마족들을 후퇴시켰다.

'이대로 저들을 추격할 수도 있겠지만, 지금은 다른 게 더 중요하지.'

지금은 몬스터들을 더 죽이기보단, 부상 입은 경비대원들을 속히 성안으로 이송해 치료하는 일이 급선무였다.

"모, 몬스터들이 물러간다!"

"마족들도 함께 후퇴하고 있어! 우린 살았어!"

갑작스레 나타난 카일의 난입으로 죽을 위기에서 벗어난 경비대원들은 일제히 환호성을 질렀다.

카일은 자신의 머리 위에 쏟아진 하피들의 피를 닦아내지 않고 성문을 향해 걸어갔다.

"정말로… 강하시군요."

네이르는 이제까지 자신이 봤던 인간들과 수준 자체가 다른 카일을 앞에 두고 그저 강하다는 말밖에 나오지 않았다.

"나? 아냐. 지금은 약해졌지만 내 친구가 더 강했어."

"그렇습니까? 도대체 어떤 분이기에……."

"지금 중요한 건 그게 아니지. 아직 남은 일이 있잖아?"

고개를 들어 올린 카일의 시야 한가운데에 굳게 닫힌 성문이 들어왔다.

5

필요 없을 때에 열려 병력 소모를 유발했던 타일론드 성의 성문은 정작 몬스터들이 모두 물러난 지금도 여전히 닫혀 있었다.

"문 열어!"

카일은 성문 안쪽 가까이 있을지 모르는 이들에게 들리도록 크게 소리쳤지만 아무런 반응이 없었다.

"문 열어! 난 두말하는 걸 정말 싫어한다고!"

아까보다 더 큰 소리로 외쳤지만 아까와 마찬가지로 대답조차 돌아오지 않았다.

"아까 성문을 열은 놈이 모르드 왕국에서 파견된 에르긴이란 기사라고 했지?"

"네."

"그러면 지금까지도 성문을 잠그고 있는 놈 역시 동일하겠군."

두터운 성문에 가려 안의 상황을 직접 볼 순 없었지만, 에르긴이 처한 상황이 쉽게 연상되었다.

자신의 부하들을 제외한 타일론드 성내의 모든 인간이 에르긴에게 증오를 뿜어내고 있을 테고, 성문 밖에 있는 경비대원들까지 합세할까 봐 필사적으로 성문을 닫고 있음이 분명했다.

"그냥 놔둬도 안에서 뭔가 일어나 열릴 수도 있겠지만, 그때까지 기다리다간 애꿎은 부상병들만 고생할 거야."

"어떻게 할까요?"

"네이르라고 했지? 이거 부숴도 되냐?"

카일이 거대한 성문을 오른손으로 툭툭 두들기자 네이르의 두 눈이 크게 커졌다.

"부, 부술 수 있습니까?"

"모두 물러서. 이번엔 제어 같은 거 할 생각 없으니까."

카일이 목을 돌리면서 뻐근해진 몸을 풀기 시작하자 네이르는 급히 경비대원들을 뒤로 후퇴시켰다. 하지만 카일은 뒤를 돌아보더니 손짓으로 더 물러나라며 재차 신호를 보냈다.

'이런 식으로 제대로 수리되었는지 확인하게 될 줄은 몰랐는데.'

다크블로우를 검집에 집어넣더니, 오랜 시간 동안의 수선을 마친 대검을 꺼내 들었다.

"아, 이 말을 빼먹었네. 귀 막는 게 좋을 거야."

카일의 충고에 경비대원들은 일제히 양쪽 귓구멍에 손가락을 집어넣었다.

"블래스트!"

콰앙!

폭발음과 함께 짙은 먼지가 확 피어올랐다.

바람에 실려 온 먼지에 경비대원들은 연신 기침을 해댔다. 뭔가 와르르 무너지는 소리가 짙은 먼지로 가려진 시야 속에서 울려 퍼졌다.

"헉, 진짜로 부쉈어."

"말도 안 돼……."

대(對)마법용 보호막은 물론 웬만한 공격에도 부서지지 않게 처리된 성문이 산산조각 나 파편만 남아 있는 걸 본 경비대원들은 입을 다물 줄 몰랐다.

가장 먼저 성안으로 들어간 카일은 검을 움켜쥐고 서 있는 에르긴을 발견하고 입술 왼쪽 끝부분을 살짝 올렸다.

"딱 봐도 네가 아까 성문을 연 놈이네. 그렇지?"

"너, 너는 인간이 아니로군! 마족이지?"

"마족? 무슨 근거로?"

카일은 어깨를 으쓱거리며 에르긴과 그의 부하들을 둘러싼 시민들을 쓰윽 훑어보았다. 카일의 눈엔 시민들의 반감을 어떻게든 다른 방향으로 유도하기 위해 애쓰는 에르긴의 속셈이 빤히 보였다.

"어둠의 힘을 보란 듯이 쓴 주제에 인간이라고 우길 작정이냐? 게다가 일부러 우리들을 도와주는 척하면서 성문까지 부수지 않았느냐!"

"어둠의 힘을? 어디서 봤는데?"

"그야 성벽 위에서……."

"호오, 우리들은 앞뒤가 다 막힌 상황에서 싸우고 있었는데 넌 여유롭게 위에서 구경만 했다 이거지?"

밖에서 싸우느라 지친 나머지 화낼 기운도 없었던 경비대원들의 눈초리가 매섭게 변했다.

"그리고 말이야, 어둠의 힘이 마족만의 전유물은 아니야. 네 나이라면 알 법도 할 텐데?"

카일의 설명에도 에르긴은 도무지 모르겠다는 표정이었다.

하지만 나이 든 경비대원 중 몇 명은 휘둥그레 뜬 눈으로 카일을 쳐다보았다.

"마족 아닌 거 증명하기 진짜 힘드네……."

카일은 붕대를 풀더니 얼굴 위에 덧붙인 가짜 피부를 뜯어냈다. 그러자 그의 원래 얼굴이 오래간만에 모습을 드러냈다.

"이래도 내가 마족으로 보여?"

어차피 어둠의 힘을 남들 앞에서 사용한 이상, 그의 정체가 드러나는 건 시간문제였다. 단지 제럴드가 나름 고생해서 만들어준 가짜 피부를 너무 일찍 뜯어버리지 않았나하는 미안함이 들긴 했다.

"너희의 그 잘난 나라께서 수배령을 내린 미친개 카일이야. 이래도 모르겠어?"

"카, 카일?"

에르긴은 '카일'이라는 이름을 듣자마자 쥐고 있던 검을 땅바닥에 떨어뜨렸다. 어떤 의미에선 에르긴과 그의 부하들에게 마족보다 더 무서운 존재가 나타난 셈이었다.

"뭐, 뭣들 하느냐! 당장 저놈을 포위해라!"

도로 검을 쥐어 든 에르긴은 카일을 향해 소리쳤다.

하지만 카일이라는 이름이 주는 두려움에 반대로 뒷걸음만 칠 뿐이었다.

"잡을 수 있으면 잡아봐. 그런데 너 말고는 아무도 날 잡을 생각이 없어 보이는데?"

"너희는 왜 보고만 있냐! 이놈을 잡으면 모르드 왕국에서 엄청난 돈을 안겨줄 거라고!"

이번에는 타일론드 성의 시민들을 향해 고래고래 소리를 질렀다. 하지만 그 순간, 말없이 굳은 표정을 유지하고 있던 시민들의 얼굴이 험악하게 변했다.

"당장 나가라!"

"더 이상은 못 참아! 어서 꺼져!"

그동안 모르드 왕국 병사들에게 당하기만 했던 시민들의 울분이 한꺼번에 터지면서 모르드 왕국 소속의 병사들을 향해 돌멩이가 마구 날아왔다.

"으아악!"

"사람 살려!"

모르드 왕국의 병사들은 그 어느 때보다 신속하게 방패를 머리 위로 들어 올리며 진형을 이뤘다. 그러자 이번엔 성벽 위를 지키고 있던 경비대원들이 투석 전용으로 가져온 돌멩이를 마음껏 던지기 시작했다.

"에잇! 그만해라! 그만하라고!"

화르륵!

에르긴이 불에 휩싸인 검신을 마구 휘두르자 돌멩이를 던지던 시민들의 동작이 일제히 멈췄다.

"허, 너 미쳤냐? 정작 그런 힘을 써야 할 몬스터들 앞에선 꼬랑지 내리더니, 시민들에게 쓰려고?"

"닥쳐라! 난 모르드 왕국의 명을 받고 타일론드 성을 지키기 위해 온 몸이다! 네까짓 천한 출신들이 감히 나에게 돌을 던져?"

"말이 영 통하질 않네. 어쩔 수 없나……."

카일 역시 더 이상 참아봤자 소용이 없음을 깨닫고 대검 대신 다크블로우를 꺼내 들었다. 예전 교단의 인간들을 손봐줄 때처럼 주먹을 쓰고 싶었지만, 좀 더 '잔인한' 결과를 보여주고 싶은 충동이 강하게 들었다.

카일은 왼손을 앞으로 내밀더니 손가락을 까닥거리며 올 테면 와보라며 도발했다. 그러자 에르긴이 검을 높이 들어 올리더니 카일을 향해 달려갔다.

"멈추십시오!"

바로 그때, 누군가의 목소리가 성안에 울려 퍼졌다.

6

"타이밍 한번 기막히군."

카일은 뒤를 돌아보고선 가볍게 웃었다.

왼손으로 붙잡은 에르긴의 검은 흑염에 휩싸여 흔적도 없이 녹아내린 후였다.

"설마, 그분이?"

"설마가 아니야! 빛의 용사… 크레아 님이야!"

"정말로?"

은색 갑주를 걸친 크레아가 나타나자 시민들은 웅성거리
시작했다.

그리고 그녀의 뒤를 따라 마법사 쉘튼과 성당기사단장 마
르코가 모습을 드러냈다. 마지막으로 크레아가 이끄는 모르
드 왕국의 최정예부대 '빛의 군대' 가 정돈된 진형을 유지하
면서 성문 안쪽으로 천천히 들어왔다. 엄한 규율과 혹독한 훈
련 속에서 다듬어진 그들의 눈빛은 반항조차 제대로 하지 못
했던 시민들 상대로 행패만 부렸던 에르긴의 병사들과는 확
연히 달랐다.

"시니어, 성공했구나."

카일은 빛의 군대와 함께 입성한 제이크 시니어를 알아보
고 아까와는 정반대의 의미로 미소를 지었다. 정작 제이크 시
니어는 에르긴 앞에 서 있는 청년이 누구인지 몰라 고개를 갸
웃거렸다.

"누구요? 날 아오?"

"아, 붕대 푼 얼굴은 처음 봤겠지? 나야, 나."

"히익? 설마… 카일 님이십니까?"

마지막으로 직접 얼굴을 본, 20대 때의 모습으로 나타난 카
일 앞에 제이크 시니어는 기겁하며 물러섰다.

"뭘 그렇게 놀라? 오히려 이 얼굴이 더 익숙할 텐데?"

"어떻게 된 일입니까? 아, 아니 그게… 저 지금……."

"됐어. 어차피 내가 누구인지 여기에 모인 사람들 다 알고 있으니까."

카일은 제이크 시니어의 등을 두들겨 준 후 옆으로 비켜섰다.

'새로운 빛의 용사' 일행을 직접 이곳으로 데리고 온다는 작전이 성공한 이상, 지금은 그가 나설 때가 아니어서였다.

"에르긴 경."

"오… 오래간만에 공주님을 뵙게 되어서 여… 영광입니다."

방금 전까지 잔뜩 흥분 상태였던 에르긴은 전혀 예상하지 못한 크레아의 등장에 긴장한 나머지 말까지 더듬거렸다.

"상황이 이러하니 서론은 생략하고 본론부터 말하겠습니다. 모르드 왕국은 타일론드 성과의 협력관계 구축을 위하여 에르긴 경이 지휘하는 부대를 파병했습니다. 하지만 그러한 의도와 달리 입에 담기 부끄러울 정도의 만행이 귀하의 부대로 인해 벌어졌다고 보고 받았습니다. 사실입니까?"

"그건 모함입니다!"

한쪽 무릎을 꿇고 고개를 숙이고 있던 에르긴은 강한 어조로 크레아의 말을 부정했다.

그러자 크레아는 쉘튼으로부터 무언가를 건네받더니 양손으로 펼쳐 앞으로 내밀었다.

"이 편지를 보십시오. 군데군데 얼룩진 잉크는 이 편지를 쓴 이의 눈물입니다! 안의 내용은 말로 표현하기 불가능할 정도의 슬픔과 분노가 고스란히 녹아들어 있습니다. 이 편지를 쓰신 분께선 제가 이곳에 온다면 직접 나서서 억울함을 호소하겠다고 적어놨습니다."

비록 편지 내용을 멀리 떨어진 시민들이 알아볼 순 없었지만, 호소력 넘치는 크레아의 말에 이끌리기 시작했다.

"이것뿐만이 아닙니다. 제가 직접 눈으로 확인한 편지만 백여 통이 넘어갑니다. 이렇게 억울함을 호소한 분들의 사연을 고려해 지금이 아니라 남들이 보지 않는 곳에서 비밀리에 만날 계획입니다. 나중에 따로 연락할 테니……."

"저예요. 제가… 그 편지를 썼어요."

시민들 사이를 헤치고 한 여성이 모습을 나타내자, 에르긴 근처에 있던 병사 몇 명의 표정이 급격히 어두워졌다.

"아, 이런……."

편지의 내용을 알고 있던 크레아는 자신의 의도와는 정반대로 모습을 드러낸 여성을 바라보며 당혹함을 금치 못했다.

"눈물에 젖은 편지 그대로… 공주님을 직접 뵙고 싶다는 말을 적은 건 분명히 저일 겁니다……."

비틀거리는 몸으로 한 걸음씩 앞으로 내딛는 그녀에게 네이르가 급히 달려갔다.

'아차, 저 녀석 애인이었구나.'

카인은 얼굴을 감싸 쥐며 고개를 절레절레 흔들었다.

"아리네! 이건 너에게 너무 가혹한 일이야! 왜 네가?"

"아니야, 누군가는 이런 식으로 말해야 해. 그렇지 않으면 우리들 말 따위는 믿지 않을 거라고."

방금 전까지 흐느끼는 음성으로 말하던 아리네가 아니었다. 그녀의 얼굴에서 단호한 의지가 느껴지자 네이르는 고개를 끄덕이더니 손을 잡고 크레아를 향해 같이 걸어갔다.

크레아 앞에 멈춰 선 네이르는 잡았던 손을 풀더니 정중하게 인사를 하고 옆으로 물러섰다.

"그러면 제가 어떤 일을 당했는지 말하겠습니다. 보름 전, 모르드 왕국의 병사들이… 병사들이……."

막상 크레아의 앞에 서자 아리네는 그동안 억눌러 왔던 감정이 일제히 터져 나오면서 다시 말을 더듬기 시작했다.

"저를… 저를……!"

결국 울분을 이기지 못한 아리네는 풀썩 주저앉더니 끝내 말을 잇지 못했다. 시민들은 그동안 모르드 왕국군에게 당했던 수모를 떠올리며 눈시울을 붉혔다. 그녀 옆에서 입을 꾹 다물고 고개를 숙인 네이르의 눈가에 눈물이 멈추지 않고 흘러내렸다.

그러자 크레아는 아리네를 향해 한쪽 무릎을 꿇더니 꼬옥 안아주었다. 크레아 역시 가슴에 북받쳐 오르는 감정을 추스르기 위해 아랫입술을 질끈 깨물었다.

"이 자리에서 맹세하겠습니다! 이분께서 말한 사건에 대해 관련자를 반드시 색출해 내 군법에 따라 엄히 다스리겠습니다. 만약 이분께 해를 끼친 자들이 이번 전투에서 사망했다면 전사자가 아닌 범죄자로 기록하여 전시 중 사망으로 얻은 혜택을 단 하나라도 누릴 수 없게 할 것입니다. 또한 시체를 찾아내 이곳 타일론드 성 시민들이 보는 앞에서 효수할 것이며 형을 마친 시체는 땅속이 아닌 숲 속에 내던져 들짐승의 먹이가 되도록 할 것입니다!"

인간으로서도, 그리고 죽은 자로서도 최고의 형벌을 내리겠다는 크레아의 선포에 에르긴의 부하 모두의 안색이 새하얗게 질려 버렸다.

"크, 크레아 공주님! 저자들은 몬스터들에 대항해 힘겹게 싸우던 저희를 몰아붙인 폭도입니다! 그런 자들의 말을 곧이곧대로 받아들일 수는 없습니다!"

"저는 쉘튼 님의 마법으로 오늘 이곳에서 일어난 일을 멀리서 보고 있었습니다! 그것만으로도 당신의 죄는 큽니다! 더 이상의 거짓말은 용납하지 않겠습니다!"

에르긴의 변명을 넘어선 중상모략에 크레아의 목소리는 더욱 높아졌다.

"공주님! 저는 그저 모르드 왕국을 위해서 최선을 다했을……."

"닥치십시오! 뭣들 하느냐! 저자를 당장 끌고 가 투옥시켜라!"

크레아의 지시에 에르긴은 그녀의 병사들에게 포박당한 후 성 안쪽으로 끌려갔다. 그는 끝까지 자신이 결백하다며 소리를 질렀지만 그 말에 귀 기울이는 이는 단 한 명도 없었다.

"마족에 맞서 싸운 용맹한 타일론드 성의 시민 분들이여!"

크레아는 조심스럽게 아리네를 일으켜 세우더니 시민들을 향해 입을 열었다.

"그동안 모르드 왕국군에 의해 일어난 모든 범죄와 사건에 대해 모르드 왕국의 이름을 걸고 깊이 사죄드리는 바입니다! 물론 사과에만 그치지 않으며 가해자들에 대한 엄중한 처벌과 피해자분들에 대한 합당한 보상이 이루어질 때까지 이곳에 머무르며 여러분의 안전을 보장하겠습니다. 모르드 왕국의 명예와 빛의 용사라는 칭호를 걸고 이 자리에서 약속합니다!"

거침없이 쏟아져 나오는 그녀의 말에 시민들의 감정은 분노에서 슬픔으로, 그리고 안도와 후련함으로 변하기 시작했다.

'그때도 이런 분위기였지.'

카일은 20여 년 전, 모르드 왕국군이 벌인 추태를 많은 이가 보는 앞에서 페이서가 대신 사과했던 기억을 떠올렸다. 직후 그를 향해 달려온 한 노인이 왕국군이 저지른 사건을 하나씩 말하며 오열할 때의 페이서의 표정은 그 어느 때보다 분노에 휩싸여 있었다.

'결론적으로 저 크레아라는 아가씨의 이름값을 높여준 셈이 되어버렸어. 하지만 이런 식으로라도 해결됐어야 하는 일이었으니……'

과거와 현재를 동시에 떠올리며 생각에 잠긴 카일은 문득 자신을 바라보는 크레아의 부하들이 곱지 않다는 걸 느꼈다.

"절 체포할 작정입니까?"

카일의 질문에 크레아는 즉시 고개를 가로저었다.

"여기는 모르드 왕국령이 아니니 저희에겐 그럴 권리가 없습니다."

"하긴 가능하다 할지라도 이 자리에서 절 잡는다면 이곳 시민들에게 준 좋은 이미지를 도로 까먹겠지요."

카일의 노골적인 비아냥이 이어지자 마르코의 손이 검자루로 슬쩍 내려갔다. 크레아는 오른팔을 옆으로 내밀며 마르코를 제지했다.

'뭐, 도발은 이 정도에서 끝내야겠지. 더 이상 내가 할 일

도 없을 테고.'

카일은 지금이 물러나야 할 때라 생각하고 성문 쪽으로 고개를 돌렸다. 그러자 스쳐 지나간 시민들의 얼굴에서 뭔가 채워지지 못한 부분이 있다는 걸 깨달았다.

걸음을 멈춘 카일은 시민들 앞에 모습을 드러낸 아리네를 바라보았다. 여전히 그녀를 괴롭히고 있는 고통 속에서도, 남들 앞에 모습을 드러내는 과감한 결정을 내린 '아리네'가 겪은 아픔과 슬픔만이라도 이 자리에서 어떻게든 풀어야 한다고 결심했다.

"참, 공주님. 이 이야기를 빼먹을 뻔했군요. 제가 쓴 편지도 읽으셨습니까?"

7

"네?"

돌연 편지 이야기가 나오자 크레아는 무슨 이야기인지 생각에 잠겼다가 뒤늦게 깨닫고 눈을 깜박거렸다.

"아, 그 짧은 내용의 편지 말이로군요. 당연히 읽었습니다."

"그렇다면 이야기가 통하겠군요."

만약 제 인내심이 한계에 달하기 전까지 여러분이 타일론드 성에 오지 않는다면, '제 방식'대로 성에 거주하고 있는 모르드 왕국군을 처리하겠습니다.

달랑 한 문장으로 구성된 편지였지만, 서둘러 오지 않는다면 최악의 결과를 맛보게 해주겠다는 경고가 담겨 있었다.

실제로 크레아가 조금만 더 늦게 왔다면 카일이 원하던 방식으로 일이 끝났을지도 몰랐다.

"생색내는 건 아니지만, 전 여러분이 이곳에 오기 전까지 이 성의 시민들을 지키기 위해 나름 힘내서 싸웠습니다. 거기에 대한 보상 차원으로, 편지에서 언급했던 '제 방식'에 맞춰 몇 놈만 처리하고 싶은데, 괜찮겠습니까?"

"살인은 안 됩니다."

"제가 누구 죽인다고 했습니까? 그건 아니니 걱정 마십시오."

카일은 품에서 꼬깃꼬깃 접힌 종이를 꺼내더니 안에 적힌 내용을 유심히 살폈다. 종이엔 제이크 주니어를 통해 아리네에게 추악한 짓을 저지른 세 명의 이름과 인상착의 및 보직이 상세히 기록되어 있었다.

"네이르, 아가씨 데리고 좀 멀리 가봐라. 아, 그래. 거기서 멈추면 되겠다."

손짓으로 아리네와 자신과의 거리를 적당히 벌린 카일은 종이에 적힌 세 명의 이름을 죽일 듯한 눈빛으로 노려봤다.

"지금 내가 말하는 세 놈, 당장 튀어나와. 코르델! 엘리엇! 플랑세!"

카일이 에르긴의 부하들 앞에서 크게 말하자 가라앉았던 분위기가 금세 술렁거리기 시작했다.

"다시 한 번 말한다. 코르델! 엘리엇! 플랑세! 보직이 어디인지, 어떻게 생겨먹은 놈들인지 추가로 설명해 줄까?"

그러자 병사들 사이로 세 명이 서로 눈치를 보며 걸어 나왔다.

카일은 자신의 앞에 정렬한 세 명을 하나씩 오른손 검지로 가리켰다. 그때마다 그들의 얼굴을 알아본 아리네의 고개가 끄덕여졌다.

"너희, 그놈들 맞지?"

카일의 말이 떨어지기 무섭게 그들은 거의 동시에 무릎을 꿇더니 그의 다리에 매달려 하소연하기 시작했다.

"자, 잘못했습니다! 용서해 주십시오!"

"다시는 그러지 않을 테니 제발 이번만은!"

"정말로 죽을죄를 지었습니다! 앞으로는 절대로! 절대로 그런 짓은 안하겠습니다!"

그들은 카일이 자신들을 곱게 보낼 리 없다는 걸 직감하고 울음까지 터뜨렸다.

"너희들, 악독한 걸로도 모자라서 머리에 든 거 자체가 없구나. 이게 용서해 달라는 말로만 해결될 문제였나?"

카일은 자신에게 매달린 세 명을 거세게 떨쳐내더니 가슴을 걷어차 드러눕게 했다. 그리고 오른발을 들어 올리더니 조금의 망설임도 없이 코르델의 가랑이 사이를 노리고 강하게 내려찍었다.

퍽!

"크헉……."

너무나 강렬한 고통에 비명조차 지를 수 없었던 코르델의 입에서 거품이 흘러나왔고, 사타구니를 움켜쥔 양손 아래로 피가 줄줄 흘러내렸다. 단순히 국부를 걷어찬 수준이 아니라, 다시는 남자구실을 못하도록 만들어 버렸다.

"다음."

"고, 공주님! 살려주십시오!"

"제발 저희를 버리지 말아주십시오!"

남은 두 사람은 크레아를 향해 기어가더니 그녀의 발을 바라보고 연신 고개를 숙이며 애원하기 시작했다.

갑작스러운 상황 전개에 두 병사를 제외한 모두는 입을 굳게 다물었다. 계속 구해달라는 말만 반복하는 두 사람을 앞에 두고 크레아는 이러지도 저러지도 못하고 난감할 따름이었다.

"왜 저놈들을 걱정하는 눈빛으로 내려다보십니까?"

카일은 땅바닥에 엎드린 두 남자의 발을 하나씩 붙잡더니 뒤로 확 잡아당겼다.

"공주님께선 이놈들이 아직도 인간으로 보이십니까?"

"네?"

"눈 두 개 있다고, 입과 코 하나씩 달렸다고, 사람이 하는 말을 알아듣는다고 모두 인간은 아닙니다. 제 말이 틀립니까?"

크레아는 카일의 강경한 어조에 뭐라 대답할 말을 떠올리지 못했다.

"그럼에도 제가 이놈들을 죽이지 않고 이 정도로 끝내는 건, 여전히 이 개자식들을 인간으로 보는 시선이 있어서이기 때문이죠."

마치 그들을 인간으로 보는 이들도 똑같은 개자식이라는 뉘앙스를 강하게 풍겼다.

"아까 공주님께서 했던 일장연설로 조금 가라앉긴 했지만, 이 성의 주민들이 그동안 품은 증오는 결코 쉽게 사라지진 않을 겁니다. 이런 식의 다소 과격한 방식으로 풀어줘야 여러분도 좋고 저도 기분 좀 풀면서 떠날 수 있지요. 솔직히 말해 저놈들이 저지른 짓에 비하면 이 정도는 아무것도 아니랍니다. 그리고……."

카일은 크레아에게 바짝 가다가더니 오른손을 세워 오른 뺨에 가져갔다.

"잘 들어. 난 너나 페이서와는 달라. 경박하고, 이성보다 감정에 따라 움직이는 걸 좋아하지. 날 막는다면 이성 따위 완전히 제거해 버린, 진짜 감정에만 치우진 행동이 뭔지 보여 주겠어. 명심해 두라고."

존댓말이 아닌 반말로 귓속말을 건넨 카일은 잽싸게 몸을 뒤로 빼더니 흙투성이가 된 둘을 향해 걸어갔다.

그들을 응징하는 데 그 누구의 동의를 구할 필요는 사라진 지 오래였다.

"남은 너희 둘은 어떻게 해줄까? 거기만 안 때리면 괜찮겠지?"

"무, 물론입니다!"

"대신 앞으로 그 어떤 음식이든 씹어 먹지 못하게 만들어 줄게."

퍽!

"용서를 빌어야 할 상대는 나도 공주님도 아니야!"

퍽!

"그걸 착각한 순간부터 너희는 이렇게 될 운명인 거지!"

카일의 주먹은 계속해서 두 병사의 얼굴을 가격했고, 더 이상 그들의 이빨은 잇몸에 붙어 있지 않았다. 계속 이어지는 둔탁한 타격음에 공범이나 다름없는 에르긴의 부하들은 벌벌 떨었다.

반면 시민들은 단 한 명도 고개를 돌리지 않고 카일에게서 눈을 떼지 않았다.

"이 정도면… 죽진 않겠지. 제길, 씹어 먹어도 시원찮을 놈들."

예전처럼 주먹을 흑염의 기운에 휘감지 않고, 그저 우악스럽게 쓰러진 병사 둘에게 주먹질을 한 카일의 모습은 공포 그 자체였다.

"만약 나중에 이빨 하나라도 새로 해 넣으면 지금 이 모양 그대로 만들어줄 테니 명심해."

마지막으로 카일은 피투성이가 된 두 병사의 입을 쫙 벌리더니 손을 집어넣어 부서진 이빨들을 모조리 꺼내 땅바닥에 내팽개쳤다.

뻐근한 양쪽 손목을 번갈아가며 주무르는 카일이 뒤를 돌아보자, 그와 시선이 마주친 에르긴의 부하들은 제자리에 털썩 주저앉더니 양손으로 머리를 감싸고 공포에 질려 버렸다. 크레아의 부하들조차 투구 안쪽에 흘러내리는 식은땀을 느끼고 긴장을 늦추지 않았다.

하지만 이 자리에 모인 이의 대다수인, 타일론드 성의 시민들은 결코 카일을 두려워하는 눈으로 보지 않았다.

크레아의 선언만으로는 해소되지 않았던, 가슴 깊은 곳에 자리 잡았던 응어리가 조금씩 풀리는 느낌을 뭐라 말로 표현하기 힘들어 침묵을 지킬 뿐이었다.

"어차피 모르드 왕국군이 저지른 짓이니 나머지 일은 여러분께서 알아서 하십시오. 그러면 훼방꾼은 이만 물러나겠습니다."

카일은 허리에 찼던 다크블로우를 검집째 집어 들더니 이미 등에 걸치고 있던 대검과 교차되도록 꼈다.

그리고 아무 일도 없었다는 표정으로 크레아의 옆을 스쳐 지나갔다. 시민들은 홀로 걸어가는 카일의 뒷모습을 당장이라도 눈물이 쏟아질 듯한 표정으로 바라봤다. 계속 이어지는 고요함 속에서 카일은 아무런 제지도 받지 않고 성문 밖을 지나 정면을 바라보며 걸어갔다.

"카일 님! 잠깐만요!"

그렇게 한참을 걸어간 카일의 등 뒤에서 누군가의 목소리가 들렸다.

"뭐야, 다들 여기까지 오고 말이야. 작별 인사라도 하러 온 거야?"

그를 뒤쫓아 온 이들은 서로 손을 맞잡은 아리네와 네이르, 그리고 제이크 주니어를 찾아 데리고 온 제이크 시니어였다.

아리네는 새하얀 손수건을 꺼내더니 카일의 얼굴에 묻은

핏방울을 닦아내기 시작했다. 카일은 그녀가 편하게 닦을 수 있도록 허리를 살짝 숙였고, 아리네는 정성들여 그의 얼굴을 깨끗이 닦아냈다.

피가 잔뜩 묻은 손수건을 가슴에 품은 아리네는 허리를 숙여 공손히 인사를 했다.

"정말로… 정말로 감사합니다. 정말로… 감사하다는 말밖에 드릴 게 없군요."

아리네는 같은 단어를 반복하며 울먹거렸다.

하지만 카일은 살며시 미소를 지으며 고개를 가로저었다.

"감사받을 일은 아닙니다. 누군가는 했어야 하는 일이었어요. 단 상황이 좀 복잡하게 얽힌 터라 저밖에 없었던 거죠. 게다가 전 용서보단 응징이라는 단어가 더 어울리는 인간이니까요."

"제가 했어야 했는데… 죄송할 따름입니다."

"아냐, 네가 했으면 이렇게 조용히 끝나지 못해. 내가 했어야 했어."

"아닙니다. 정말로 감사할 따름입니다."

네이르 역시 자신 대신 아리네의 울분을 해소해 준 카일에게 허리를 숙였다.

"이런 말 하긴 그렇지만, 아가씨가 겪었던 고통은 앞으로 더 심해질지도 모릅니다."

전쟁이라는 비극 아래 짓밟힌 여성들이 그 후 어떤 식으로 망가져 갔는지 카일은 질리도록 봐왔다.

"각오하고 있어요."

"그렇기 때문에 네이르, 네 역할이 중요하다. 무슨 말인지 알겠지?"

"명심하겠습니다."

네이르의 오른손은 아리네의 왼손을 강하게 움켜쥐고 있었다.

"카일… 아저씨."

"응? 왜?"

"뭔가 어색해요. 이제까지 아저씨라 계속 불렀는데……."

붕대로 얼굴을 감고 있을 땐 몰랐지만 막상 자신과 동년배로 보이는 카일에게 제이크 주니어는 뭐라 표현하기 힘든 이질감에 사로잡혔다.

"내가 그 미친개 카일이라는 사실이 더 어색하진 않고?"

"그거야 아까 보여준 것만으로도 충분히 이해되던걸요. 아! 물론 잘못하셨다는 의미는 절대 아니고요!"

"알았으니 저 멀리에 있을 크리드나 성으로 데리고 가라. 아직도 수레 지키고 있을 테니까. 화해도 가급적 빨리 하도록 하고."

카일은 이전처럼 제이크 주니어의 머리에 손을 가져가려

다가 천천히 거두었다. 외모만은 서로 동년배라는 걸 안 지금, 더 이상 친구 아들 대하듯이 다루기엔 많이 어색했다.

"시니어, 다시는 이런 일이 일어나지 않도록 나름 머리 써봐라. 당분간 모르드 왕국 쪽에서도 여길 신경 안 쓸 수 없을 테니까."

"정말 전 매번 카일 님의 도움만 받는군요."

"도움은 무슨… 그러면 난 이만 간다."

카일은 제이크 주니어의 등을 툭툭 두들기더니 가던 길을 다시 걸어갔다. 그들은 카일이 지평선 너머로 사라지기 전까지 제자리에 서서 그의 등을 응시했다.

Chapter 23
반복되는 과거

1

엘레힘 신성력 1326년 10월 22일.

"그렇게 되었군. 이만 물러나도록."

"알겠습니다, 폐하."

보고를 마친 트레스발드 제상이 밖으로 나가자, 모르드 왕
국의 여왕 엘리제 3세는 집무실에 홀로 앉아 창문 쪽으로 몸
을 돌렸다.

콰르릉.

밖에선 폭우와 함께 천둥번개가 연이어 내려치는 중이었다.

"쓰레기도 써먹을 곳이 있긴 하군."

그녀는 창문 반대편 벽에 걸린 거울을 바라보며 입술만으로 미소를 지어보았다.

에르긴의 평판은 타일론드 성으로 보내기 이전부터 좋지 않았다. 모르드 왕국 내에선 나름 좋은 가문 출신이지만 남을 대접하기보단 남에게 대접받기를 좋아하는 성격은 크고 작은 비리와 연루되기 일쑤였다.

내치기에도, 그렇다고 계속 써먹기에도 난감한 에르긴을 독립도시 타일론드 성으로 보내자는 의견은 다름 아닌 트레스발드의 발상에서 비롯되었다. 만일 에르긴이 개과천선이라도 해서 타일론드 왕국에서 좋은 이미지로 남는다면 그걸로 좋은 거고, 여전히 비리를 일삼는다면 적절한 때에 크레아를 보내 비리를 폭로하는 쪽으로 방향을 전환하기로 했다.

부대까지 대동해 타일론드로 간 에르긴의 능력은 안 좋은 쪽으로 기존을 훨씬 능가하는 악명을 떨쳤다. 결국 에르긴은 크레아에 의해 비리를 폭로당함과 동시에 수도 케이브란스 성 지하 감옥으로 이송되었다. 그런 과정 중 제이크 시니어와 만난 건 어디까지나 우연이었다.

국가 이미지에 '살짝' 타격을 입히는 대가로 새로운 빛의 용사에 대한 인지도를 높인다면 지금 같은 전란에서 그것만큼 남는 장사도 드물다. 어차피 쓰레기는 전쟁 중이든 아니든

간에 똑같은 일을 반복할 뿐이니까.

"하지만 그 카일이 그곳에 있을 줄이야, 역시 세상은 내 뜻대로 흘러가지만은 않는군."

빛의 용사로선 절대 시도할 수 없는 카일만의 과격한 '행동'은 그에 대한 인지도와 호의는 물론 그와 뜻을 함께한다는 페이서와 제럴드에 대한 인기마저 부활시켰다. 모르드 왕국 입장에선 자신들만의 계획에 쓸데없이 카일이 끼어들어 이익의 일부를 채간 셈이었다.

콰르릉.

번개와 거의 동시에 천둥이 내리치자 엘리제 3세의 희미했던 기억이 선명하게 되살아났다.

"그래, 그날도 이런 날씨였어."

빛의 용사에서 반역자로.

공주와의 결혼을 꿈꾸었던 젊은 청년의 삶은 그날을 기점으로 나락으로 떨어졌고, 10년이라는 투옥 이후 모두에게 잊혀지는 듯했다.

그리고 또 10년이라는 시간이 흘러 마족이 다시 몬스터들을 이끌고 인간에 역습을 가했고, 다시 옛날처럼 인간을 위해 싸울 거라 여겼던 페이서에게 엘리제 3세는 달콤한 미끼를 던져봤다.

그러나 예상 외로 실패로 끝났다.

"그도 변했다는 이야기겠지. 하긴, 20년이란 시간이 흘렀는데 바뀌지 않을 리 없지. 좀 더 일찍 변했다면……."

그런 식으로 버리지 않았을 텐데, 하는 아쉬움이 그녀의 차디찬 마음속에 살짝 자리 잡았다가 금세 사라졌다.

그녀가 원한 건 그 어떤 시대에서도 이상적인 남자였다.

예전 마족과의 전쟁 당시 페이서는 빛의 용사라는 아명답게 최고의 조건을 지닌 남성이었다. 그리고 그가 이끌어낸 평화는 역설적이게도 그를 별 볼 일 없는 인간으로 만들어 버렸다.

전쟁 이후 서서히 빨라지던 권력 투쟁의 소용돌이 속에서 페이서는 도저히 살아남을 가능성이 없어 보였다.

결국 공주의 손에 의해 페이서는 저 멀리 구렁텅이 속으로 사라졌고, 영원히 빛을 잃고 살아갈 줄 알았다.

그러나 운명은 예측이라는 범위 안에서만 움직이진 않았다. 다시 그를 필요로 하는 세상이 돌아온 것이다.

"페이서……."

10년 넘게 잊고 있었던 이름을 엘리제 3세는 조용히 읊어 보았다. 하지만 거울에 비친 자신의 얼굴을 보고 이내 체념 섞인 웃음이 가볍게 터져 나왔다.

한때나마 빛의 용사를 보고 첫눈에 반했던 어린 공주는 더 이상 그 어디에도 존재하지 않았다. 모르드 왕국을 자신의 것으로 만들기 위해 세월의 흐름에 몸을 맡긴 차디찬 표정의 여왕만이 남아 있을 뿐이었다.

똑똑.

노크 소리가 들리자 엘리제 3세는 창문 쪽으로 시선을 돌리며 들어오라고 대답했고, 아까 집무실에 들렀던 트레스발드가 다시 안으로 들어왔다.

"폐하, 신 트레스발드이옵니다."

"무슨 일인가?"

"다름이 아니오라, 이전 안티브 성을 침략했던 마족 공작의 정체에 대해서 올릴 내용이 있습니다."

"부(腐)의 힘을 지닌 마족에 대해서인가?"

2

엘레힘 신성력 1326년 10월 25일.

몬스터의 침공으로 불타오르고 있는 바르제스 성.

그 성이 내려다보이는 언덕 위에 한 여성이 두 눈을 감고 기도문을 읊고 있었다. 실제 나이보다 20년 가까이 젊어 보이는, 20대의 외모를 지닌 은발의 여성은 오랫동안 입지 않았던 백색의 법의를 걸치고 있었다.

한때 성녀로 불리며 모든 이에게 칭송받았던 여성 카트리나는 기도를 마치고 천천히 몸을 일으켰다. 그런 그녀의 뒤에는 은색의 날개가 그려진 깃발들을 들고 있는 병사들이 다소 자유로운 분위기를 형성하며 운집해 있었다.

실버윙즈(Silver Wings).

카트리나 특유의 머리카락 색과 청춘을 오래전에 보내 버린 이들을 동시에 뜻하는 단어인 '실버'를 넣어 만든 부대의 이름이었다.

20년 전 끝난 전쟁에서 활약했던 세대로 구성된 실버윙즈의 구성원으로는 대륙 각지의 노병이 대부분을 차지했다.

1년 전 다시 시작된 마족과의 전쟁에 이전 세대들은 성녀 카트리나의 이름을 떠올리며 그녀가 있는 곳으로 하나둘씩 모여들었고 그 수는 어느덧 3,000명을 넘어섰다.

거부 코르테스의 자본금을 바탕으로 결성된 실버윙즈는 결코 전투를 위한 부대가 목적이 아니었다. 전쟁의 피해로 고통받는 이들에 대한 구조나 봉사활동에 치중했지만, 점점 격렬하게 변하는 전황은 그들의 손에 무기를 움켜쥐도록 이끌고 말았다.

'카일, 결국 저 역시 당신이 뛰어든 세계로 뒤따라가는군요.'

다시 한 번 전란 속을 헤쳐 나가지 않겠냐던 그의 손을 움켜쥐지 않았던 기억을 떠올리며 카트리나는 쓸쓸한 미소를 지었다.

"성녀님."

실버윙즈의 지휘관으로 임명된 60대의 노병, 전(前) 카르노사 왕국소속 돌격부대 부대장이었던 포르칸은 그녀의 왼쪽에 서서 명령만을 기다렸다.

"성녀님, 명령을⋯⋯."

포르칸의 옆엔 엘리서스 성의 기사단장이었던, 실버윙즈의 평균 연령보다 한참 아래인 40대의 제이콥스가 부관 자격으로 서 있었다.

"알겠습니다. 이젠 싸워야 할 때겠죠."

카트리나는 두 눈을 감더니 고개를 천천히 위로 들어 올렸다.

"제가 여러분께 바라는 것은 단 하나뿐입니다."

그녀는 가능하다면 자신의 이름 하나만을 듣고 몰려든 노인들이 가급적 전쟁터에 직접 뛰어들지 않기를 바랐다. 그러나 그녀가 보호하던 전쟁난민들과 고아들을 끝까지 지키기 위해선 무기를 들 수밖에 없었다.

"그 어떤 일이 있더라도⋯ 반드시 살아 돌아오십시오. 저는 이미 신께 모든 걸 바친 몸이지만, 여러분은 아직 신의 곁으로 가기엔 이르답니다."

그녀의 진심이 담긴 목소리에 실버윙즈의 멤버들은 흐뭇한 표정을 지으며 고개를 끄덕거렸다.

"자, 그러면 한바탕 해봅시다!"

포르칸은 들고 있던 핼버드를 머리 높이 들어 올리더니 언덕 옆길로 돌아 가장 먼저 내려갔다.

"와아아아!"

그의 뒤를 50대와 60대의 노병들이 힘찬 함성을 지르며 이동하기 시작했다.

"엘레힘이시여, 저분들께 당신의 이름으로 축복을 내려주소서……."

그녀는 성호를 그으며 짧은 기도를 올렸다.

그리고 허리에 차고 있던, 그녀의 팔 길이만 한 백색의 봉을 왼손에 쥐었다.

얼마 지나지 않아 그녀의 몸에서 흘러나온 신성력이 빛의 입자를 형성하더니, 봉의 위와 아래에 백색의 깃털들이 모여들면서 활처럼 휘어진 모양을 이루었다.

20여 년 전, 그녀에게 슈팅스타라는 또 하나의 아명을 붙여준 성궁(聖弓) 세인트윙(Saint Wing)을 카트리나는 다시 한 번 꺼내 들었다.

『흑암의 귀환자』 4권에 계속…

마in화산

FANTASTIC ORIENTAL HEROES

용훈 新무협 판타지 소설

무림공적, 천살마군 염세악!
검신 한호에게 잡혀 화산에 갇힌 지 백 년.

와신상담… 절치부심… 복수무한…

세월은 이 모든 것을 잊게 하고
세상마저 그를 잊게 만들었다.
하지만.

"허면 어르신 함자가 어찌 되시는지……"
우연한 만남, 자신도 모르게 튀어나온 원수의 이름.
"그게… 한, 한호일세."

허무함의 끝에서 예기치 않게 꼬인 행로.
화산파 안[in]의 절세마인, 염세악의 선택!

요람 新무협 판타지 소설 FANTASTIC ORIENTAL HEROES

귀환병사

국내 최대 장르문학 사이트를 휩쓴 화제작!
여름의 더위를 깨뜨리며 차가운 북방에서 그가 온다.

『귀환병사』

열다섯 나이에 북방으로 끌려갔던 사내, 진무린
십오 년의 징집을 마치고 돌아오다.

하지만 그를 기다린 것은 고아가 된 두 여동생, 어머니의 편지였다.
그리고 주어진 기연, 삼륜공……

"잃어버린 행복을 내 손으로 되찾겠다!"

진무린의 손에 들린 창이 다시금 활개친다.
그의 삶은 뜨거운 투쟁이다!

Book Publishing CHUNGEORAM

유행이 아닌 자유추구 -
WWW.chungeoram.com

FUSION FANTASTIC STORY
천성민 장편 소설

짐승의 규칙

『무결도왕』 『다크로드 블리츠』
천성민 작가의 신간!

『짐승의 규칙』

살아야만 했다.
나를 위해 희생당한 부모님을 위해.
복수를 위해.

죽여야만 했다.
내가 살기 위해 타인의 목숨을.

그렇게……
나는 짐승이 되었다.

Book Publishing CHUNGEORAM

FANTASY FRONTIER SPIRIT

이충민 판타지 장편 소설

Mighty Warrior
영웅병사

복수를 다짐한 소년 병사.
붉은 제국을 향해 깃발을 세운다.

「영웅병사」

평온한 유년 시절을 보내던 비첼.
어느 날, 붉은 제국의 깃발 아래에 사랑하는 가족을 빼앗기고 만다.

"도끼… 도끼라면 다룰 줄 압니다."

병사가 되고자 참가한 전쟁에서 소년은 점점 영웅이 되어 간다!

쓰러져가는 아버지의 등을 익히며,
아직 어린 소년으로서 도끼를 들고 붉은 제국과 싸우 위해 일어선다.

제국과의 전쟁에 스스로 뛰어든 소년,
병사, 비첼 악센트
이것이 영웅 탄생의 시작이다!

Book Publishing CHUNGEORAM   WWW.chungeoram.com